逸致文丛

诗经草木

郁震宏 著

浙江摄影出版社
全国百佳图书出版单位

丛书策划：景迪云
责任编辑：张　磊
装帧设计：张　磊
责任校对：高余朵
责任印制：汪立峰

图书在版编目（CIP）数据

诗经草木 / 郁震宏著. -- 杭州：浙江摄影出版社，2021.9

（逸致文丛）

ISBN 978-7-5514-3430-0

Ⅰ. ①诗… Ⅱ. ①郁… Ⅲ. ①《诗经》—诗歌欣赏 Ⅳ. ①I207.222

中国版本图书馆CIP数据核字(2021)第179348号

SHIJING CAOMU

诗经草木

郁震宏　著

全国百佳图书出版单位
浙江摄影出版社出版发行
地址：杭州市体育场路347号
邮编：310006
网址：www.photo.zjcb.com
制版：浙江新华图文制作有限公司
印刷：浙江海虹彩色印务有限公司
开本：880mm×1230mm　1/32
印张：8
2021年9月第1版　　2021年9月第1次印刷
ISBN 978-7-5514-3430-0
定价：58.00元

引 言

千载有会心——读郁先生《诗经草木》

郁先生在湖上讲《诗经》我是听过一回的。二〇一九年四月十四日，在桐乡吃过早午饭，先生携我往杭州蒋庄马一浮纪念馆内“湖上有间茶书房”听讲。那天，先生讲“雨”，讲《说文》讲《尔雅》讲《太平寰宇记》，讲《北风》讲《采薇》讲《正月》讲《蒹葭》讲《瓠叶》……江南正是杏花春雨的好时节，身边的人听得入迷，我亦入迷。玻璃窗外，偶尔有游客探头，他们大概不会猜到“所以然者何”。中途我要赶车北上，先生定好闹钟，铃响声停，他出门送我，至小桥，我前行，先生折回……想来已是两年前了。

后陆续在“懒下楼”里读到先生说《诗》的妙文，及至这部讲荇菜、卷耳、桃、芣苢、梅、茅、茨、竹、谖草、艾、舜、扶苏、茹藘、蕳、勺药、莫、蒹葭、栎、駮、荷、桑、枣、郁、薁、菽、葵、瓜、瓠、苴、荼、稻、穀、莪、梧、芹的《诗经草木》，尝中夜持诵，不知几回。

草木千古不易又触手可得，故而最有说头。自发言、嗟叹、咏歌、手舞足蹈的先民之兴，至于孔子之《诗论》、毛公之《故训》、陆玑之《草木鸟兽虫鱼疏》、《初学记》载六朝人之《草虫经》、程修己之《草木虫鱼图》、蔡卞之《名物解》、郑樵之《名物志》、杨泰之之《名物编》、王应麟之《草木鸟兽虫鱼广疏》、许谦之《名物钞》、杨璲之《名物类考》、王祎之《草木鸟兽名急就章》、黄乔栋之《名物考》、林兆珂之《多识编》、冯复京之《名物疏》、吴雨之《鸟兽草木考》、黄圣年之《诗骚本草通》、毛晋及盛於斯之《名物考》、徐士俊之《鸟兽草木记》、姚炳之《识名解》、陈大章之《名物辑览》、赵执信之《名物疏钞》、顾栋高之《类释》、赵佑之《草木疏校正》、徐鼎之《名物图说》、牟应震之《名物考》、方奂之《释物》、焦循之《草木鸟兽虫鱼释》、丁晏之《草木鸟兽虫鱼疏校正》、多隆阿之《多识》,及至李尊义之《草名今释》、陆文郁之《草木今释》、吴厚炎之《草木汇考》,甚或日本稻生若水之《小识》、冈元凤之《品物图考》、茅原定之《名物集成》、细井徇之《名物图解》,无不倾心草木,博搜细绎,或广异闻,或解诗旨,或遣生涯,仰而观之,云兴霞蔚,目不暇给。

先生之说《诗经》草木,或与上述不同。初看,是文学的,讲"舜"时说"我读此诗,见得她是如此之美,美得来势汹汹,这就够了";再看是小学的,讲"谖草"时说"谖草,又作'萲草''藼草',这三个字,都从爰声,古音皆读如'欢'……说到底,谖草、萱草、萲草、諠草、藼草,只是一个'欢草'";又看,是经学的,讲"桑"时说"《诗序》云,《七月》,陈王业也。这话犹如禅宗的话头,极要命,使人半夜惊醒……孟子讲王道,原亦只从桑树开说,见梁惠王,就说'五亩之宅,树之以桑',见了齐宣王,亦复如是。叫人想见圣贤之心,直与《七月》息息相通,乃知《诗序》说的是对的,大道理就是这样的浅近,叫人觉得一个人在田畈里做生活,亦关系着天下国家”；复看，是医学的，讲“芣苢”时说“后世医方用车前，少有说其宜子者，大多取其利水通淋的功能……朱子的说法已不同于汉学，主要的原因乃是中国药学的大背景已经变化，车前已从补肾药变成了利水药”。合上书看，原来是生活的，屋后池塘生“杏草”，绞在棒上，晒干可以畀羊；阴沉冬日里徐先生讲“采采卷耳”，轻声吟来，春风满室；小时候走夜路，母亲摘几片桃叶放“我”袋里，原是桃叶能驱鬼；“子惠思我，褰裳涉溱”使人想起二十世纪八十年代太阳落山后乡间的机耕路，没有汽车，只有爱情在步行；旧时桑果子吃多了，出鼻血，昏昏沉沉，恰如毛公说的“食桑葚过，则醉而伤其性”……如此种种，懂得生活，才真读得懂《诗》。

先生生长江南，务稼习医，于山水草木，最寄闲意；交游四方，讲学论文，于音声诂训，总赋深情。先生长以音声诂训趣说山水草木，说到兴起，叫《戒指儿记》里的梅香也来帮腔，对段玉裁、章太炎亦不让步，珠玉横来，高见迭出，听者无不称妙。我亦爱《诗经》，先生知道，《草木》既成，赐我先读，并嘱做千字文以为喤引。受业先生有年，自知学浅，先生之嘱，受之有愧，却之不恭，恭愧之间，聊作数语以想当时风致。废笔汗下，兢兢战战，不觉又在《诗经》草木里，缱绻了一回。

二〇二一年八月，受业商城何汉杰谨记

孔子曰：『《诗》可以兴，可以观，可以群，可以怨。迩之事父，远之事君，多识于鸟兽草木之名。』

【诗经草木】

目 录

中国文学里的第一株草

周南·关雎

关关[1]雎鸠[2]，在河之洲。
窈窕淑女，君子好逑[3]。

参差荇菜，左右流之[4]。
窈窕淑女，寤寐求之。
求之不得，寤寐思服[5]。
悠哉悠哉[6]，辗转反侧。

---

1 关关：象声词，雌雄二鸟相互应和的叫声。

2 雎鸠（jū jiū）：一种水鸟，一般认为就是鱼鹰，传说它们雌雄形影不离。

3 好逑（hǎo qiú）：好的配偶。逑，“仇”的假借字，匹配。

4 左右流之：时而向左、时而向右地择取荇菜。这里以勉力求取荇菜隐喻“君子”努力追求“淑女”。流，求取。

5 思服：思念。服，想。《毛传》云，“服，思之也”。

6 悠：《毛传》云，“悠，思也”。

参差荇菜，左右采之。
窈窕淑女，琴瑟友[7]之。
参差荇菜，左右芼[8]之。
窈窕淑女，钟鼓乐之。

7　友：《集传》云，“友者，亲爱之意”。
8　芼（mào）：挑选，择取。

什么是富养？《汉书·韦贤传》里说，“遗子黄金满籯，不如一经”。养便养之以精神，真是一种高明的见解。《论语》云：“今之孝者，是谓能养，至于犬马，皆能有养。不敬，何以别乎？”其实，此说移用到教育亦同。古代童蒙受书，“诗教”成为启迪智慧、修养道德、陶冶性情的重要手段，一点初心便正大光明。清乾嘉时期经学大师焦里堂六岁读《诗经》，“关关雎鸠，在河之洲”。一日扫墓，舟行湖上，他父亲指着一种水草说，此《诗经》“参差荇菜，左右流之”是也。这一株草，便是几十年后焦里堂做《毛诗鸟兽草木虫鱼释》的因缘。我本寒家，儿时蒙昧，不知有是书，所幸乡间自有一派烂漫天机，门前清川，屋后池塘，生长着一种水草，父亲叫它“杏草”。我用一根棒，往水里来回绞几下，杏草的茎便缠绕在棒上，将其拔起来，晒干，畀羊吃。后来常读《诗经》，乃知此即荇菜，为之狂喜。焦里堂从“三味书屋”到“百草园”，我从“百草园”到“三味书屋”，可算是古今之别吧。

《易经》始于乾坤，《诗经》始于恋爱，天地即男女，其实是一样的道理。天地之大德曰生，男女不相恋，则天地之大德无从可见。所以古人说，《关雎》是“正始之道，王化之基”，“所以风天下而正夫妇也”。似这般地说恋爱，才见得爱要大声说出来是理所当然的。

《诗经》草木，始于荇菜。荇菜是中国文学史上出现的第一株草，凡读过《诗经》者，哪怕只是读读杀头书，翻一翻就束之高阁，也没有不知道“荇菜”这个名字的。但荇菜究竟是什么，却是一个复杂的问题。《诗经》表现的是慢生活，读《诗经》亦要慢，急不来，且慢慢说。

约日本江户时代嘉永元年（1848）·细井徇《诗经名物图解·荇菜》
荇菜，即莕菜，别名接余、水镜草、金丝荷叶等，多年生草本植物，叶略呈圆形，浮于水面，根生水底，夏天开黄花，结椭圆形蒴果。其全草可入药，嫩茎叶可作为菜蔬食用，先秦时并供祭祀之用

荇，又写作莕、葕，清人卢文弨据《说文解字》《五经文字》，考证说“荇”是一个误字，“莕”“葕”才是本字，清末学者王先谦《诗三家义集疏》亦以为然。呜呼！这不免太煞风景了，读了一辈子《诗经》，滚瓜烂熟，甚至还把“参差荇菜”用到了情书里，却不知原来这里面有一个错别字，叫人情何以堪？所以，清末文学家方玉润言“讲学家不可言《诗》，考据家不可言《诗》”，倒亦不全是负气话。

处世待人不妨宽大为怀，解经亦然。荇、莕、葕三字，都是形声字，艹头表义，艹头下面的三字——行、杏、洐，古音相同，三个形声字，形同声同，实在不必斤斤计较哪个是本字，哪个是俗字。我家乡叫荇菜为“荇草”，“荇”还保留着上古阳部的读音，发音与吾乡土话里“杏花”的“杏”一样，所以我倒喜欢将“荇草”写作“杏草”，因为人不吃，所以不叫“菜”叫“草”。花蕊夫人《宫词》有“荇草牵风翠带横”，用杜甫“水荇牵风翠带长”句，其叫“荇菜”为“荇草”，倒与我乡下一样。

荇菜别名很多，最有名的一个叫“接余”。《尔雅》说：“莕，接余，其叶苻。”荇菜的叶子，古人专门给它取了一个名字——“苻”，荇叶与浮萍相似。扬雄《方言》云“江东谓浮萍为薸（音 piáo）”，“苻”“薸”古音近，荇叶名“苻”，大概是取它与薸叶形似。接余，也写作“萎余”或“萎荼”，上古读音一样，想来也只是古人不同的三种记音法。这种现象古文献常见，比如浙江嘉兴的古称，《左传》写作“槜李”，《公羊传》写作“醉李”，《越绝书》写作“就李”，都只是记音，不必死磕哪一个是本字，有时候可能哪一个都不是。

接余，单看名字，似乎就可以联想到爱情、婚姻。宋代学者程大昌见此，突发奇想，他在《演繁露》里说，“疑汉之‘婕妤’取此义以名也，字或加‘女’则为‘婕妤’，或加‘人’则为‘倢伃’，皆本《诗》之莕菜而增偏旁也”。“婕妤”原是汉宫里的女官名，后衍变成皇帝嫔妃的名号。《关雎》讲爱情、讲婚姻反复提到荇菜，所以程大昌怀疑，汉朝的“婕妤”，应是取义于《诗经》里的“接余”。换句话说，先有了“接余”这种草，然后才有“婕妤”之名号。

章太炎先生另起炉灶，他在《小学答问》里说，“汉妇官有婕妤，其名义盖先汉而有，莕曰‘接余’，故《诗》以莕菜比淑女，以其声同‘婕妤’”。

太炎先生的意思，“婕妤”之名义当是汉朝以前就有了，至少不会晚于《诗经》时代，《诗经》以荇菜比淑女，就是取其与“婕妤”同音。人在水边见了接余，联想到婕妤，谐音通感，比兴兼具，自然而然。这不禁叫人想起毛公所说“窈窕”即“幽闲”，荇菜生于清水，真可比淑女的窈窕。这种景致，王维所谓“我心素已闲，清川澹如此”。人水相照，一点人世的尘埃也不见，这样的女子，水一样的女子，只能叫她作“淑女”了。“婕妤”之名是否起源这么早，文献不足，不能确知，但我最喜欢太炎先生的妙解，叫人觉得一部《诗经》没有一个吃干饭的闲字。

荇菜，究竟是怎样的一种草？

三国时人陆玑的《毛诗草木疏》说：

> 荇，一名接余，白茎，叶紫赤色，正圆，径寸余，浮在水上，根在水底，与水深浅等，大如钗股，上青下白，煮其白茎，以苦酒（按：即醋）浸之，肥美可案酒。

《四库提要》评说，陆玑去古未远，“讲多识之学者，固当以此为最古焉”。陆玑对荇菜的描述无疑是最古老最权威的说法，朱子《诗经集传》对荇菜的解说即取于此。

按照陆玑的说法，荇菜是一种水草，有根茎，与浮萍不同，可以食用。毛公解《关雎》云，采这种草，是“备庶物以事宗庙”，作祭祀之用。凡是祭祀的东西，人都可以吃，古人不会弄一堆毒草来祭祖宗神祇，这是一个常识，不劳多言。

郭璞去陆玑不远，他注《尔雅》，说荇菜“丛生水中”，“江东菹（按：音 zū，这里指将菜切碎）食之，亦呼为‘莕’，音‘杏’”。郭璞说的江东，就是我的家乡江南。我小时候，江南虽穷，田间地头、河里池塘，可以弄来吃的野菜倒也不少，荇菜只给羊吃，只是那一声“杏”，倒还是《诗经》里周南人的口音。宋代罗愿在《尔雅翼》里说，荇菜喂猪，人不吃，所以得名“猪莼”。他说的是宋朝的事，与我乡下竟没有隔世之感。

荇菜只在《关雎》里一见。《鲁颂·泮水》里有一句“薄采其芹”，东汉《白虎通》引作“薄采其荇”，但这个“荇”字与下面的“鲁侯戾止，言观其旂”不押韵，应是与“芹”字的形近之讹。这样说来，荇菜兴起了一部《诗经》，兴起了中国文学史，而它自己则功成身退了。

约日本江户时代嘉永元年（1848）·细井徇《诗经名物图解·茆》

茆，即莼菜，又名凫葵、蓴菜、马蹄菜、湖菜等，为多年生水草，叶片椭圆形，浮生在水面或潜在水中，嫩茎和叶背有胶状透明物质，夏季抽生花茎，开暗红色小花。其嫩叶可做汤菜，称“莼羹”，亦可入药，有清热解毒、利水消肿等功效

明·文俶《金石昆虫草木状·凫葵》

无巧不成书，尽管《白虎通》所引“薄采其荇”的“荇”是一个误字，然而荇菜还是与《诗经》中的《鲁颂·泮水》纠缠在了一起。《泮水》的第三章有一句“薄采其茆（音mǎo）”，毛公说：“茆，凫葵也。”陆玑说茆与荇菜相似，江南人谓之“莼菜”。唐陆德明所撰《经典释文》引三国魏郑小同、南北朝时沈重之说，皆同陆玑。按理，这已经非常清楚了，茆是莼菜，与荇菜相似，但不是同一种水草。然唐《新修本草》、宋苏颂《本草图经》却说，凫葵就是荇菜，不是莼菜。若照这样说来，荇菜不仅出现在《关雎》里，《泮水》中的茆也是它？

一面是经学家，一面是医学家，各执一词，该信谁的？清人马瑞辰聪明，索性默不作声，避而不谈。晚清朴学大师孙诒让承王念孙之说，熔裁更为精练，他在《周礼正义》里总结道：

盖魏晋以来，释“凫葵”者，或谓即莼，或谓是荇菜，则似莼而非莼。诸说舛异，要不出此二者。以《诗》考之，“荇”见《关雎》，“茆”见《泮水》，传、笺及陆《疏》并分别释之，则凫葵是莼，而与荇不同物，殆可无疑矣。

孙氏以《诗经》还《诗经》，要言不烦，叫人信服。

荇菜、莼菜都是水草，清代植物学家吴其濬《植物名实图考长编》说：“大要荇、莼大同小异。”两者长得很像，只是莼菜的叶子比荇菜圆一些。王念孙善于因声求义，他在《广雅疏证》里说：“莼、团，古同声，凫葵叶团，故江南名之为莼。”烛见语根，了不起。凫葵是莼，不是荇，古今一笔口水仗，就因为它们长得太像了的缘故。

荇菜的复杂还不止此，颜之推《颜氏家训·书证篇》：

《诗》云：“参差荇菜。”《尔雅》云：“荇，萎余也。”字或为“莕”，先儒解释皆云：“水草，圆叶细茎，随水浅深。今是水悉有之，黄花似莼，江南亦呼为‘猪莼’，或呼为‘荇菜’。”刘芳具有注释。而河北俗人多不识之，博士皆以参差者是苋菜，呼“人苋”为“人荇”，亦可笑之甚。

颜之推说，南北朝时北方的经学博士认为荇菜就是苋菜，这样一来荇菜就成了陆地上的草，而不是水草了，颜之推听了笑倒。

我们不必人笑亦笑，何妨抱着理解之同情，看看北朝的博士何以会把荇菜理解为苋菜。我的估计，这当然不会是他们集体愚笨，一个重要的原因，当是因为荇、苋二字读音相近所产生的误解。一个前鼻音，一个后鼻音，在古音系统里，“荇”属阳部，“苋”属元部，阳元旁转的现象文献多见，方言亦然。我的一个温州朋友，常将“工商银行”说成“工山银寒”，此与“荇”之转“苋”一样。裴松之注《三国志·蜀志·简雍传》曰：“或曰雍本耿姓，幽州人语谓‘耿’为‘简’，遂随音变之。”“简雍”或许本为“耿雍”。中古时期，耿、荇亦同部，“耿”之转为“简”，犹“荇”之转为“苋”。又如《诗经·豳风·七月》，“六月食郁及薁（音 yù）”，《毛传》云：“薁，蘡薁也。”蘡薁，《广雅》作“燕薁”，“蘡”之转为“燕”，与上两例相类。尽管说“荇菜即苋菜”是错的，但这里面保存着北朝的语音事实，还是很有价值的，颜之推可以笑，我却不敢跟着他笑。

《诗经》里荇菜的复杂还在于它的形容词。《诗经》以“参差”形容荇菜。“参差”是一个联绵词，联绵词书无定字，《说文解字》引《关雎》作“槮（音 sēn）差荇菜”。《说文解字》中又有“参縒”“篸差”，意思皆同“参差”。《诗经·邶风·燕燕》“差池其羽”的“差池”，汉赋里的“柴池”“茈虒（音 zǐ sī）”“跐豸（音 cī zhì）”“偨（音 cī）池”，皆“参差”一声之转，写法不一样，读音、意思都相近。“参差”是什么意思呢？一般解释为“不齐貌”。孔颖达在《毛诗正义》就说“参差然不齐之荇菜”，但在这个语境里“不齐”的解释并不恰当。

我小时候，池塘里常见荇菜，它根在水底，叶子浮于水面，大小相类，望之皆平，并不会给人“不齐”之感。荇菜不如荷叶那样挺举，荷叶有高低，所以有“水面清圆，一一风荷举”的景象，可以说“参差不齐”。但说荇菜参差不齐，并不恰当。我估计孔颖达虽读书甚博，却没有目验，故而用了一个常训。

“参差荇菜”的“参差”究竟应该如何解释？让我们再回到“参差”的常训——“不齐”。

“不齐”是从相互比较中产生的，只有一个，自然不能说“不齐”。因此，“参差”这个词其实隐含着一个复数概念，一路引申为“不齐”，一路则引申为“众多”，两义虽然相辅相成，但各有偏重。《关雎》里的“参差荇菜”，“参差”表示众多、茂盛，并非“不齐”之意，否则我们会觉得荇菜生得高低错落、长短不一，真到了水边，见了荇菜都在水面上平躺着，大概是会当面错过的。所以我常以为，阅读经典里的一字一词，要像对待不共戴天的仇人一样，切不可轻易放过它。

叫她如何不想他

周南·卷耳

采采[1]卷耳，不盈顷筐[2]。
嗟我怀人，寘[3]彼周行[4]。

陟[5]彼崔嵬[6]，我马虺隤[7]。
我姑酌彼金罍[8]，维以不永怀[9]。

---

1 采采：茂盛的样子。一说谓采了又采。《毛传》作“采摘”解，朱熹《集传》云，“非一采也”。马瑞辰《毛诗传笺通释》则认为是状野草“盛多之貌”。
2 顷筐：斜口浅筐，犹今之簸箕，后高前低。盛物易满。
3 寘（zhì）：同“置”，搁放。
4 周行（háng）：环绕的道路，特指大道。
5 陟（zhì）：登上。
6 崔嵬（wéi）：高而不平的小山。
7 虺隤（huī tuí）：疲极而病。
8 金罍（léi）：金罍，青铜做的罍。罍，器名，青铜制，用以盛酒和水。
9 永怀：长久地思念。

陟彼高岗，我马玄黄[10]。
我姑酌彼兕觥[11]，维以不永伤。

陟彼砠[12]矣，我马瘏[13]矣。
我仆痡[14]矣，云何吁[15]矣。

---

10 玄黄：形容病态。朱熹说“玄马而黄，病极而变色也”，就是本是黑马，病久而出现黄斑。

11 兕觥（sì gōng）：一说为犀牛角制的酒杯，一说“觥”为青铜做的牛角形酒器。

12 砠（jū）：有土的石山，或谓山中险阻之地。

13 瘏（tú）：因劳致病，马疲病不能前行。

14 痡（pū）：因劳致病，人过劳不能走路。

15 吁（xū）：通“忬”，忧伤而叹。

东晋名士桓子野每闻清歌辄唤“奈何”，我读《卷耳》亦常如此。且不管卷耳是什么，只将这两个字连起来轻轻一读，便觉百转千回，妩媚婉约，似要将人世山川、清明草木盘旋进去一般，真是绝妙好辞，果然《诗经》即《乐经》，须是读出声音来才好。

《卷耳》是一首怀人的诗。驱车登高，金罍兕觥，三千年前的小情调，比起如今咖啡、红酒边的相思，活泼且有生气。《诗经》真是浩然之气滋养出来的，饶是女心伤悲，亦只在白昼阳光之下，开门出去，放声歌哭一场，一时山鸣谷应，宇宙回响，只怕世人不晓得她在想他。唯其如此，才是孔夫子说的“哀而不伤”。不似唐诗宋词里，多是夜半关起门来，帘儿底下、十二栏杆，只一个人望月兴叹，独自垂泪，她自伤了元气，读者也跟着伤心。清代方玉润《诗经原始》说杜甫“今夜鄜州月，闺中只独看”一诗脱胎于《卷耳》。照我看，一在闺中、一在高岗，一在清夜、一在白昼，盛唐格局虽大，到底不如成周的太和气象，“脱胎”两字亦不过方玉润随口一说罢了。

一部《诗经》，哪几句最好？《世说新语》里谢安如此设问。我读至此，不待谢玄开口，便起身吟道：“采采卷耳，不盈顷筐。嗟我怀人，寘彼周行。”说到此处，不觉想起十几岁时在故乡湘漾里，一个寒冷的冬日，天气阴沉，姨丈徐先生给我讲古书，讲到这几句，他轻声吟来，真是好听极了。刹那间，春风满室，乃知好诗可以驱寒。

《卷耳》以“采采卷耳”起兴，毛公说这是“忧者之兴”，以此兴起下文的“嗟我怀人”。卷耳、怀人，两者有什么关系呢？

我以章太炎先生说《诗经》的“芣苢”古音“胚胎”之例引申之。

约日本江户时代嘉永元年（1848）·细井徇《诗经名物图解·卷耳、芣苢》

卷耳，又称“苓耳”，为石竹科多年生草本，有茸毛，叶对生，春季开白花，分布于中国北方及长江流域各地，全草和果实可供药用，能清热解毒；

芣苢，即车前，别名芣苡、车轮菜、当道等，为多年生草本，茎生于地下，叶片呈阔卵形，花朵集生成穗状花序，开白色小花。其种子称为“车前子”，可入药，有利尿、止泻、镇咳、祛痰、明目等功效

“卷耳”两字，不论古音、今音都与“眷尔”相近。眷，恋也；尔，你也。眷尔，用现在的话说即是“爱你”“想你”。见了卷耳，心头一动，自然而然生发出思念之情——“嗟我怀人”，我在深深地思念你啊！这便是《诗经》里常用的一种修辞——谐音通感。我为此常开玩笑说，读《诗经》能省钱，送人玫瑰，不妨改送一把卷耳，价廉物美，且有古风。

但是卷耳究竟是什么呢？毛公说，卷耳就是苓耳，这是承用《尔雅》的说法，其实只是举了一个别名，卷耳长相如何我们还是不得而知。幸亏陆玑《毛诗草木疏》有一段具体描述：

> 叶青白色，似胡荽，白花细茎，蔓生，可煮为茹，滑而少味。四月中生子，如妇人耳中珰，今或谓之“耳珰”，幽州人谓之“爵耳”是也。

按这个描述，后世如《名医别录》及《埤雅》所引《荆楚岁时记》等都以为卷耳就是苍耳。苍耳大家都晓得，我们小时做坏事，采了苍耳子扔在女同学的头发上，觉得占了大便宜，可以开心一日，天朗气清。古人则多把苍耳当菜蔬吃，不仅《毛诗草木疏》这样说，杜甫的《驱竖子摘苍耳》亦有句云“登床半生熟，下筯还小益”。一颗苍耳从汉朝吃到了唐朝。

《诗经》里的女子采苍耳，恐怕也是当菜蔬食用的，我乡下未闻有吃苍耳的，大概是古今之别，或者是江南可吃的东西太多了吧。但

明·文俶《金石昆虫草木状·滁州葈耳实》

苍耳子入药则常见，治疗伤风鼻渊流涕。我随徐先生抄方时，“苍耳散”抄得多了，所谓“苍耳散中用薄荷，辛夷白芷四般和；葱茶调服疏肝肺，清升浊降鼻渊瘥”，背得烂熟。

关于卷耳，郭璞的说法比陆玑简短。他在注《尔雅》“菤（卷）耳，苓耳”下说：

>《广雅》云，枲耳也（按：枲，音 xǐ，枲耳即苍耳），亦云胡枲，江东呼为常枲，或曰苓耳，形似鼠耳，丛生如盘。

这里要特别注意，郭璞说的“卷耳”是丛生之物，而陆玑却说是蔓生。这就出现了矛盾，他们两个人都去古未远，学问渊博，应该信谁的呢？我读了陆玑的文字，恨不得把他的“蔓生”改成“丛生”，可惜迟生了千年。

北宋苏颂是博物学家，尽管认同《诗经》中的“卷耳”即“苍耳”，但也不能不致疑：“今之所有，皆类此，但不作蔓生耳。”苏颂的疑问后世学者多有，但大家实在寻不出一种植物既对应陆玑的描述，又对应郭璞“丛生”之说。怎么办？那就各尊所闻，干脆视而不见，就一口咬定“卷耳”即“苍耳”，一团和气。

王夫之是个特别较真的人，经过一番考证，在《诗经稗疏》中不随声附和，说卷耳是鼠耳草，与苍耳为两种不同的植物。这个说法独辟蹊径，对不对，先不管。我读至此，不禁想起许慎的《说文解字》，《说文解字》里表示“卷耳”的有两个字：“蓩（音 mǎo），卷耳也”；

“苓，卷耳也”。如此，这个问题就更复杂了，甚至有学者认为“蓩，卷耳也”不是《说文解字》的原文，而是后人的妄增，我则异于是。

《诗经》里的“卷耳”，毛公说是“苓耳”，即《说文解字》所言“苓，卷耳也”。那么《说文解字》中的“蓩，卷耳也”又是什么呢？我以为就是王夫之说的鼠耳草，唐陈藏器《本草拾遗》称之为“鼠曲草”，别名“香茅”。“香”言其气味，可以不论；“茅”当即《说文解字》“蓩”的省文，“茅”“蓩”都从“矛”得声。毛公注《诗经》，何以要说“卷耳”为“苓耳”，盖有意区别于“蓩”，表明《诗经》中的这个“卷耳”是苓，不是蓩。苓、蓩都可称“卷耳”，字面虽同，却是两种不同的植物，两物共享一名，亦是常见。如《尔雅》“榇，木槿”“榇，梧”，木槿、梧桐都可叫“榇”。

王夫之之后，王筠撰《说文句读》，撷取前人诸说，辨其正误，参以己意。他认为，《说文解字》“苓，卷耳也”，当作“苓，苓耳，卷耳也”，此说深具卓识。我以此类推，《说文解字》“蓩，卷耳也”，亦当作“蓩，蓩耳，卷耳也”。很巧，鼠耳草有一个俗称，叫“猫耳朵”，显然就是“蓩耳”的俗写。香茅也好，“猫耳朵”也好，本字俱当作“蓩”。这样看来，王夫之之说不合经训，是可以排除的，但他却能歪打正着，一不小心就捅破了另一个名物问题。

卷耳的复杂，还不止于此。南唐徐锴《说文系传》据郭璞之说，认为卷耳是菌属，“生朽润木根”，这是将卷耳视为木耳、茯苓之类的东西。如此，“采采卷耳”就是“采采木耳”？对照郭璞“形似鼠耳，丛生如盘”的描述，似乎也说得过去。

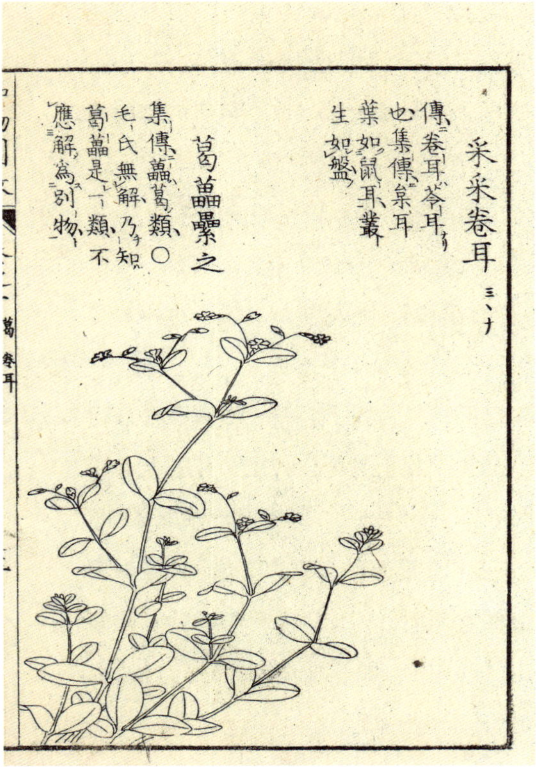

《毛诗品物图考·采采卷耳》
日本天明五年（1785）刊本，冈元凤纂辑，橘国雄绘

要之，徐锴、王夫之的说法都很有趣，但并不流行。吴其濬《植物名实图考》卷十一说，卷耳、苓耳、葈耳，今通呼为“苍耳”，此说基本已成共识。但有时流行的不一定是真相，卷耳究竟是不是苍耳，实在还是一笔糊涂账。

在“卷耳是什么”这个问题上，郭璞是个关键人物，他留下了八个字——“形似鼠耳，丛生如盘”。这个“形”字很不好理解，是说叶子像鼠耳呢，还是果实像鼠耳？朱子注《诗经》的时候说，“卷耳，葈耳，叶如鼠耳，丛生如盘”，用的是郭璞的原话，但把“形”改成了“叶”，至于卷耳究竟是不是苍耳，朱子没有下定论，但叶似鼠耳的植物自然不会是苍耳了，这便是朱子的高明处、审慎处。朱子注书往往如此，令人钦佩。比朱子小六岁的罗愿在其《尔雅翼》中说，卷耳“实如鼠耳”，用的也是郭璞的话，朱子改“形”为“叶”，他则改“形”为

“实”，并进一步说卷耳即苍耳。两人虽只是一字之改，得出的结论却大不一样。

如此说卷耳，说得太实了，实则泻之，来点轻松的调调味。

《广雅》说，卷耳又叫“常葈”。常葈，陶弘景《名医别录》写作“常思”。为什么叫这个名字？李时珍说：“诗人思夫，赋《卷耳》之章，故名‘常思菜’。”

听起来像是这么回事，其实已经倒果为因了。葈、思两字古音相近，一声之转，清代经学家邵晋涵《尔雅正义》说：“（卷耳）今人呼为‘常思菜’，即‘常葈’之讹尔。”一语中的，比李时珍眼光毒辣。但诗人睹物咏怀，葈、思谐音，见了常葈而联想到“常思”，进而想起所怀之人，自是谐音通感，生活常识而已，也怪不得李时珍。即如卷耳又名“葈耳”，葈耳读音近“思尔”，即“思你”之意，自伯之东，女心伤悲，见了此物，叫她如何不想他呢？

一片好音

周南·芣苢

采采芣苢[1]，薄言[2]采之。
采采芣苢，薄言有[3]之。

采采芣苢，薄言掇[4]之。
采采芣苢，薄言捋[5]之。

采采芣苢，薄言袺[6]之。
采采芣苢，薄言襭[7]之。

---

1 芣苢（fú yǐ）：植物名，即车前草，其叶和种子都可以入药。
2 薄言：发语词，无义，这里主要起补充音节的作用。
3 有：取得，获得。
4 掇（duō）：拾取，摘取。
5 捋（luō）：从茎上成把地采取。
6 袺（jié）：提起衣襟兜东西。
7 襭（xié）：把衣襟扎在腰带上兜东西。

《芣苢》三章，通篇只六字变换，大概好算是《诗经》里最高古简约的一首。清末文学家方玉润独具慧眼，说此诗“自鸣天籁，一片好音，尤足令人低回无限”，“读者试平心静气，涵泳此诗，恍听田家妇女，三三五五，于平原绣野、风和日丽中群歌互答，余音袅袅，若远若近，忽断忽续，不知其情之何以移，而神之何以旷”。说得轻灵动人，考据家说不出来。

后世的诗歌，古乐府《江南曲》“鱼戏莲叶间，鱼戏莲叶东，鱼戏莲叶西，鱼戏莲叶南，鱼戏莲叶北”最像《芣苢》。这样的诗，看似人人能作却最难作。我读此诗，极佩服作者的手段，也佩服孔夫子的眼光。《芣苢》或千古传唱，或永远消失，都在孔夫子一念之间，这两千五百多年前的一念，于中国文学史而言真可谓千钧一发。孔夫子毕竟是孔夫子，倘落村夫子之手，《芣苢》必在被删之列，做一个好编辑实在不比作者容易。人生何幸，有《诗经》可读，第一要感恩孔子。

芣苢，别名马舄、陵舄、当道、牛舌、牛遗、蛤蟆衣等，今通称车前（又名车前草）。苏颂《本草图经》里说，车前五月采苗，七八月采其籽。但我读此诗，只觉是在一个迟迟春日，人世间唯有女人、春草，云淡风轻，清净悠远。这错觉十分奇怪，白居易也说“芣苢春来盈女手”，有他错在先，我就将错就错，将它当成春日诗来读，一念之间，童年即在窗前，草木葱蒨。

《诗经》善用动词，采、有、掇、捋、袺、襭，六个字皆见得郑重其事，不似我小时候见了好的胡乱采摘，轻薄了许多草木。诗中女子与天地草木相敬如宾，有情有义，读来叫人感动。孟子说“仁民而爱物”，由爱物倒推上去，这女子的仁心与尧、舜、禹、汤何尝有别。《周南》里女子的行事总是这般认真不轻佻，见得上古乡野的元气淋漓。

采芣苢做什么？毛公说：“宜怀妊焉。”芣苢的药用功能是使女子容易怀孕生子，这与《诗序》所说“妇人乐有子”一脉相承。吾乡叫芣苢为“观世音草”，大概是取“观音送子”的意思，如此说来，乡间俗语与《诗经》倒是相通的。

毛公说芣苢宜妊，这大概是《诗经》时代一直到汉晋对芣苢药性的一大认识，所以诗人不必明言，当时人人皆知。陆玑《毛诗草木疏》说芣苢籽“治妇人难产”；陶弘景《名医别录》说其能强阴益精，令人有子。总之，这是妇人胎产之药，正如孔颖达《正义》所说：“言‘宜怀妊’者，即陆玑《疏》所云治难产是也。”

车前（芣苢）长穗多籽，徐大椿《神农本草经百种录》说到车前：“凡多籽之药，皆属肾，故古方用入补肾药中。”古人对草木性能的理解大抵如此，我学医时读《本草备要》中的“药性总义”，如“凡药根之在土中者，半身以上则上升，半身以下则下降；药之为枝者达四肢，为皮者达皮肤，为心、为干者内行脏腑”云云，都见得古人之自重，人与天地草木一体同心。

章太炎先生说，芣苢古音读如“胚胎”，此说如盘古开天地，混沌顿时清朗。这样看来，古人对这种草的命名有着基于对其物性的认识，暂且抛开芣苢“宜怀妊”的药性功能，即单取它长穗多籽的物

明・文俶《金石昆虫草木状・车前子》

态，或者这个名字的读音“胚胎”，亦可与螽斯一样，用来做宜子孙的比兴。

人对自然的认识是动态的，对药性的认识有时代的变化，这与文学一样，唐诗、宋词、元曲、明谣，一代有一代之文学。徐大椿《医学源流论》有“药性变迁论”一文，说“古方所用之药，当时效验显著而《本草》载其功用凿凿者，今依方施用，竟有应有不应”。后世医方用车前，少有说其宜子者，大多取其利水通淋的功能。当然，《神农本草经》已说其“利水道小便”，著名的“八正散”方用车前、大黄、瞿麦、木通、栀子、滑石、甘草、萹蓄，主治小便不利、尿道涩痛等。又如“五子衍宗丸”，明王肯堂《证治准绳》说此方旧称“古今第一种子方”，有“人世世服此药，子孙蕃衍，遂成村落”之说。所谓“五子”，即枸杞子、菟丝子、五味子、覆盆子、车前子，但此方中的车前子乃取其通利之用，并非补药，犹如六味地黄丸中的泽泻、茯苓，亦取补中寓泻之义。

对芣苢性能认识的分歧，使得对《芣苢》诗旨的理解也产生了差别。古方取其补，后世用其泻，《诗》学从汉代发展到宋代，其着眼点的转移，有时在哲学上，有时却是在药学上。

朱子《诗经集传》说《芣苢》诗：

> 妇人无事，相与采此芣苢而赋其事以相乐也，采之未详何用，或曰其子治产难。

“或曰”之说即本《毛诗草木疏》，但很明显，朱子对此是怀疑的，所以先说一句“未详何用”。朱子的说法已不同于汉学，主要的原因乃是中国药学的大背景已经变化，车前已从补肾药变成了利水药。到了清代，方玉润《诗经原始》认为朱子之说“不为无见”，甚至干脆就说：“殊知此诗之妙，正在其无所指实而愈佳也。”不知道它在写什么，反成了此诗的妙处，这与毛公、郑康成为代表的汉代《诗》学已经大不相同了。照方玉润的意思，女子辛辛苦苦采芣苢，好像纯粹是玩，空白相。此说总叫人觉得奇怪，不知妙在何处，倒不如汉人说得实实在在。

从毛公到陶弘景都说芣苢是妇人胎产之药，朱子虽不取，但也列其说以广异闻，这是非常审慎的做法。到了后来，开始有了反驳的意见，如清代学者王先谦《诗三家义集疏》引说：

> 今世医家无用车前治难产者，陆《疏》云云，疑附会《毛序》“妇人乐有子”而为之说。

然车前治疗难产，后世确有验案。清余震《古今医案按》卷九“女科”载：一妇人难产，三日不下，吴茭山即本《毛传》芣苢“宜怀妊焉”之说，创制一方，以车前为君，冬葵子为臣，白芷、枳壳为佐使，已服午产。可见古人立言严谨，毛公、陆玑的说法轻易破不得。吾乡人采车前草做单方用，女子小便不利煎汤服用，男人则不吃，倒还与《诗经》相近。

车前除了药用，古人亦常当菜蔬吃，李时珍所谓“昔人常以为蔬”是也。陆玑《毛诗草木疏》说车前“幽州人谓之牛舌草，可鬻作茹，大滑”，可见车前的食用至少汉代已有之。苏颂是北宋人，他说车前“人家园圃或种之，蜀中尤尚”。我小时候，乡里车前随处可见，自生自灭，没有人种，也没有人吃。

我特别好奇“牛舌”这个别名，当时的外地人到幽州的馆子吃饭，点了菜单上的“牛舌”，上来的却是一盘车前草，不知作何感想。这不免叫我想起《召南·草虫》里的“言采其蕨”，毛公注“蕨，鳖也”，“鳖”是蕨菜的别名，因其无叶，端似鳖脚，故名。据陆玑《毛诗草木疏》，“蕨”是周秦人的叫法，齐鲁人谓之“鳖”，周秦人到齐鲁吃饭，大概亦会闹出笑话来。可见物名自古就有东西南北之别。

其实，关于“芣苢是什么”，古人的理解也有不同：毛诗派说是车前，韩诗派说是泽泻。对具体名物的理解不同，对诗旨的阐释遂成分歧。毛诗派说此诗是“妇人乐有子”，韩诗派说是“伤夫有恶疾”，鲁诗派的观点则与韩诗派大致相同。胡承珙《毛诗后笺》曰：“此诗三家传闻异辞，总不若毛义之正大，此毛学所以独盛欤？”到底哪一家说的最接近真相其实讲不清楚了，只是毛诗派的说法最为流行，一家独大，倒是事实。

三家之外，唐陆德明《经典释文》又列了一种异说：

> 《山海经》及《周书·王会》皆云“芣苡（苢），木也，实似李，食之宜子，出于西戎。”

这里的“芣苢”是木本，与车前之草本不同。《山海经·西山经》中载崇吾之山有一种树木，“圆叶而白柎，赤华而黑理，其实如枳，食之宜子孙”。这说的大概就是木本的芣苢。芣苢尽管有草、木之别，但功能都一样，《周书》《山海经》之所谓“宜子”即毛公说的“宜怀妊”。

魏晋王肃亦曾引《周书·王会》云，“芣苡如李，出于西戎”。其虽主“芣苢为木本”之说，但对诗旨的理解与毛公并没有分歧。王基是魏晋时期另一位重要的《诗》学家，著有《毛诗驳》，就王肃“木本”之说，其反驳道：

> 《王会》所记杂物奇兽，皆四夷远国各赍土地异物以为贡贽，非《周南》妇人所得采。是芣苡为马舄之草，非西戎之木也。

较之二说，王肃泥于古籍，未加详考，王基之说则较善矣。

二人于名物上打仗，可谓锱铢必较，足见古人的认真可爱，一草一木亦不轻易放过，叫人想起《大学》里的“格物致知”。

中国文学里最早的剩女

召南·摽有梅

摽[1]有梅，其实七[2]兮。
求我庶士[3]，迨[4]其吉兮。

摽有梅，其实三兮。
求我庶士，迨其今兮。

摽有梅，顷筐塈[5]之。
求我庶士，迨其谓之[6]。

---

1 摽（biào）：一说坠落，一说掷、抛。

2 七：一说非实数，古人以七到十表示多，三以下表示少。或谓七成，即树上未落的梅子还有七成。

3 庶：众多；士：未婚男子。

4 迨（dài）：及，趁。

5 塈（jì）：一说取，一说给。

6 谓之：指男女青年不用任何媒介、仪式而自行结合。

约日本江户时代嘉永元年（1848）·细井徇《诗经名物图解·梅》
梅，别名青梅、黄梅等，为落叶乔木，原产于中国南方，其栽培历史悠久，无论作观赏或果树均有许多品种。梅性耐寒，初春开花，有白、红等颜色，分五瓣，是人们喜爱的观赏植物。果梅果实为球形，味酸，花、叶、根和种仁均可入药

梅子是酸果，我却喜欢，尤喜用梅子泡的青梅酒，一觞一咏足以畅叙幽情。我见古人亦喜食酸，《尚书·说命》“若作和羹，尔惟盐梅”。做羹要用盐、梅调和，所以古人说“梅”之为言“媒”也，媒和众味。“梅”“媒”谐音，此说颇见理趣。

吾乡湘漾里无人种梅，西面二十里的超山却以梅花出名，梅花幽香不令人厌。王安石说“遥知不是雪，为有暗香来”，文人夸饰之辞当不得真，但是“遥”字若改成了“近”，香气是闻到了，却不成诗。文学是现世的补充，亦少它不得。我小时候去超山，喜其不高不低，与人的脚力相适，一路的景致亦好，徘徊于暗香浮动之间，似在红尘浮世之外，什么也不必想，只自想起《诗经》来。世间的好风景，原来应该像《诗经》一样。

《诗经》中有五首诗写到了“梅”，除了《摽有梅》，还有：

鸤鸠在桑，其子在梅。

——《曹风·鸤鸠》

山有嘉卉，侯栗侯梅。

——《小雅·四月》

终南何有？有条有梅。

——《秦风·终南》

南宋·马和之《陈风图卷·墓门》（英国伦敦大英博物馆藏）

墓门有梅，有鸮萃止。

——《陈风·墓门》

这五首诗中的“梅”虽然字面一样，但所指却不同，《摽有梅》《鸤鸠》《四月》中的“梅”是我们现在常说的梅，《终南》《墓门》中的“梅”，则是楠木。

《说文解字》中，“梅”的本义就是楠木，亦作“楳”，所以毛公说《终南》“有条有梅”的“梅”是楠木。我们现在常说的梅，本字是“某（音 méi）”，吾乡老底子有一位老先生，叫“仲小某”，用的

清罗聘篆刻“画梅乞米”（左图），清李方膺篆刻“梅花手段”（右图）
此两方篆刻印文中之“梅”字，用的即是本字“某”

就是“梅”的本字。倘若追本溯源，则“黄梅”就要写作“黄某”，“梅花”就当写作“某花”了。当然，《诗经》时代“梅”“某”已混用，实在不必事事好古。《尔雅》有“梅，楠也”一条，郭璞注解说“似杏，实酢”，这就错把“梅”（楠木）当作了“某”（梅花），大学者尚且如此，何况一般人了。

某，籀文作“槑（音 méi）”，省作“呆”，通作“梅”。明朝人刘定之号“呆斋”，俞曲园《九九销夏录》考证说，“呆”即“某”的古文，但他看不起明朝人的学问，尽管考定了“呆”即“某”字，仍说“明人未足知此”，“刘呆斋”之号“恐只是世俗用‘痴呆’之俗义”。

《摽有梅》写的是一位大龄剩女正心急如焚地期待那个人出现，诗以梅起兴，这个“梅”就是《说文解字》里的“某”，亦即现在说的梅。《摽有梅》是一首讲“男女及时”的诗，为什么非要以梅起兴，而不用桃李杨柳？它的背后有着一个非常复杂的原始信仰传统，知乎此才能更好地理解诗意。

说《摽有梅》，从“禖”说起。禖即“郊禖”，亦叫“高禖”，郊禖是古代帝王求子的祭祀活动，渊源非常古老。《诗经·大雅·生民》：“克禋克祀，以弗无子。”毛公解释：

> 弗，去也，去无子，求有子，古者必立郊禖焉。玄鸟至之日，以太牢祠于郊禖，天子亲往，后妃率九嫔御。乃礼天子所御，带以弓韣，授以弓矢，于郊禖之前。

这就是郊禖的大致情况，后将郊禖神格化，便是“郊禖神”，专管人间生育之事，相当于后世道教里的张仙、佛教里的送子观音。

“禖”，是求子，求得了子就叫“腜”。《说文解字》云：“腜，妇孕始兆也。”“禖”是求天，落实到人便是“媒”。《周礼·地官》专门有“媒氏”之官，媒氏的职掌有“仲春之月，令会男女，于是时也，奔者不禁”一条。仲春就是农历二月，其时阳气升腾，人欲多发，因此“奔者不禁”，可以自由恋爱和婚配。禖、腜、媒三个字都从“某”得声，义亦相因。

回头再看《摽有梅》，这里的“梅”本字是“某”，谐音“媒”。第一章中女主人公说，现在给我做媒的人多的是，不急，总要选一个好一点的吧；但第二章中却说，年纪大起来了，给我做媒的已经很少了，你如果喜欢我就快点来，现在正是时候；到了第三章，“顷筐塈之”，也就是说没人给我做媒了，我现在是剩女了。成了剩女的时候，她就说“迨其谓之”，“谓”即会，这里的“会”就是《周礼·地官·媒氏》里面提到的“仲春之月，令会男女”的“会”，出门遇到个差不多的就嫁了吧。

“摽有梅”，“梅”谐音“媒”，兴中有比，此对后世文学影响甚大。比如，宋元话本《戒指儿记》里的丫鬟梅香就是为阮三郎、陈玉兰传情的媒介，明冯梦龙辑撰《山歌》卷一《私情》有“姐儿立在北纱窗，分付梅香去请郎”之句。再如，唐朝张鷟《游仙窟》里的“有杏无须梅”，就是“有幸无须媒”的谐音。另《明世说》载：“程篁墩举神童，李贤许字以女，指席间果试之。曰‘因荷而得藕’？即应声对曰‘有杏不须梅’。”“梅”之谐“媒”，皆自《诗经》中来。

这里再引《水浒传》里“王婆贪贿说风情，郓哥不忿闹茶肆”的一段文字，更见得《诗经》的门户越扩越大。

约莫未及两个时辰，又踅将来王婆店门口帘边坐地，朝着武大门前。半歇，王婆出来道：“大官人，吃个梅汤？”

西门庆道：“最好多加些酸。”

王婆做了一个梅汤，双手递与西门庆。西门庆慢慢地吃了，盏托放在桌子上。

西门庆道：“王干娘，你这梅汤做得好，有多少在屋里？”

王婆笑道：“老身做了一世媒，那讨一个在屋里？”

西门庆道：“我问你梅汤，你却说做媒，差了多少？”

王婆道：“老身只听的大官人问这媒做得好，老身只道说做媒。”

西门庆道："干娘，你既是撮合山，也与我做头媒，说头好亲事，我自重重谢你。"

除了梅汤，接下来王婆还说到一个"和合汤"，这个名字也带着隐喻，据明代宋诩《竹屿山房杂部》记载，和合汤的原料即为乌梅和砂糖。

媒亦称为"理"，《离骚》"吾令謇修以为理"，就是叫謇修给我做媒人的意思，"理"就是媒人。"理"又通"李"，沟通男女之间关系的媒人叫"理"，而沟通两国之间关系的使者叫"李"，如《左传·僖公三十年·烛之武退秦师》"行李之往来，共其乏困"，"李"即使者。"梅"之与"媒"，"理"之与"李"，道理相同。"李""梅"的本义亦一样，都是酸果之义。妇女怀孕喜食酸，所以媒、禖、腜三字皆以酸果得名，"媒"亦可以"理"代之，"理""李"相通，"梅""李"皆酸果也。

读《诗经》从识字始，如此，《诗经》之妙方可左右逢源。会心一笑，思接千载。

男欢女爱

召南·野有死麕

野有死麕[1]，白茅包之。
有女怀春[2]，吉士诱之[3]。

林有朴樕[4]，野有死鹿。
白茅纯束[5]，有女如玉。

舒而脱脱兮[6]，无感我帨兮[7]。
无使尨[8]也吠。

---

1 麕（jūn）：獐子，似鹿，无角。
2 怀春：思春，春心萌动。
3 吉士：男子的美称；诱：挑逗，引诱。
4 朴樕（sù）：丛生小树，灌木。
5 纯束：捆扎，包裹。“纯”为“稇（kǔn）”的假借。
6 舒：舒缓；脱（tuì）脱：这里指动作文雅舒缓。
7 感（hàn）：通“撼”，动摇；帨（shuì）：佩巾，系在女子腹前，如今日之围裙。
8 尨（máng）：多毛的狗。

约日本江户时代嘉永元年（1848）·细井徇《诗经名物图解·白茅》

白茅，亦作“白茆”，别名茅针、茅根、甜草等，为多年生草本。白茅花穗上密生白色柔毛，故名，其根茎可入药，有凉血止血的功效。白茅之穗柔软洁白，被看作高洁之物，又因易于山野田泽之间大量采集，故而古人用这些白色的穗子作为铺垫，上面摆放祭祀神明的牺牲。此外，白茅还被用于“缩酒”的祭祀仪式，另男子捕获猎物，一般以白茅包裹好，作为礼物献给倾心爱慕的少女

包裹缠束之象，《诗经》多以比爱情婚姻，如束楚、束薪之类皆是。见两物之缠绕包裹，联想到男欢女爱、如胶似漆，本是人心之常，道不远人，诗亦不远人。此诗“野有死麇，白茅包之。有女怀春，吉士诱之”是顺比，自然而然，一怀一诱，正当其时，读来叫人喜悦，似乎正发生在自己身上一般。至于白茅包的究竟是麇肉还是麇皮，实在不必如马瑞辰那般纠结，重在“包”字可也。《小雅·白华》“白华菅兮，白茅束兮；之子之远，俾我独兮”则是反比，眼见得白茅束菅，心上人却已远去，人不如草，是一场悲剧。

《诗经》中的“茅”分为两种：一是茅，一是菅。陆玑《毛诗草木疏》云：“菅，似茅而滑泽，无毛。”这是细分，其实茅、菅是一类而两种，浑言不别。所以《说文解字》说，“茅，菅也”；“菅，茅也”。《诗经》中有一个“荼”字极多见，意思却各不相同，有时亦代指茅。《郑风·出其东门》云：“出其闉阇（按：闉阇，音 yīn dū，瓮城门），有女如荼。”郑康成注：“荼，茅秀。”茅秀即茅花，白色。苦菜亦开白花，所以也叫“荼”，《诗经·邶风·谷风》“谁谓荼苦”的“荼”便是苦菜。茅花、苦菜两物共享一名，够节省的。

顺便说一下“茶”，开门七件事之一，要紧得很，不妨连带而及。“茶”即“荼”的省文，顾炎武说，“荼”少一横写作“茶”，表示茶叶，并进一步考证，“‘荼’字自中唐始变作‘茶’”。郝懿行则说“茶”字汉朝就有了，《汉书·地理志》里“茶陵县”的“茶”已经这样写了。但这毕竟是个孤证，古书在流传过程中个别字刊刻时多一横少一横是常见的，说不定《汉书》本来写作“荼陵”，亦

南方有嘉木——云南野生古茶树

未可知。总之，“荼”写作“茶”，音、形、义趋于统一并大量出现，确是始于中唐时。

喝茶究竟起于何时，不好说。茶产于南方，中国先秦的经典多记述北方事物，《周礼》里的“六饮”——水、浆、醴、凉、医、酏，有水，有酒，独独没有茶，《孟子》也只说“冬日则饮汤，夏日则饮水”。可见两千多年前的北方贵族还没有将茶当作主要饮料。但说那时候全中国还没有一个人吃茶，我不太相信，文字毕竟不能代表全部历史。《尔雅》里有个“槚”字，这就是茶树，说明这种树木很早就被人们认识并加以命名了。

魏晋六朝，南北对峙，反映在饮料上便是茶与酪的地方性偏嗜。北方人拿茶开玩笑，南方人把酪当笑话。到了唐朝，陆羽写了《茶经》，虽字数不多，却改变了茶叶的命运，改变了中国人的生活。从此以后，茶叶“遍天下以为济渴之用”。明清两代，茶叶之路越走越远，从南方海上出去的，外国人叫它 Tea，从北方陆路辗转外销的，外国人叫它 Chai，这两个发音正反映了中国南北方言读音的差异。据闻，十六世纪时英语 Tea 的发音类似于汉语拼音 ta 的音，这倒跟荼字的中国上古音非常接近。

言归正传。《说文解字》中，原同称为“荼”的茅花与苦菜分了家，茅花专门有了一个字，叫“蒁”。“蒁”从“私”声，与之古音相近的字，比如雪、霜、皙、丝、素等都有白的意思。《诗经·小雅·瓠叶》“有兔斯首”的“斯首”就是白头之意；《左传·宣公二年》里的“于思于思”，“思”即白发也；《易经·说卦》的“其于人也为宣发”，

“宣发”即白发。因此，“荪”表示茅草的白花，义寓于音，不难理解。

茅花有了专门的名字，茅根也有专名，《说文解字》中称茅根为“茩（音 yǔn）”，“茩，茇（音 bá）也，茅根也”。茩，也叫“茇”，既可专指茅根，亦可泛指一切草木之根。“茇”这个字吾乡土话常用，音转读如“菩”。草根、菜根、树根，我乡下就叫“草茇头”“菜茇头”“树茇头”。茅根的别名很多，《神农本草经》称为“兰根”，《名医别录》又称“兼杜”。“杜”有根义，《诗经·豳风·鸱鸮》“彻彼桑土，绸缪牖户”，《毛传》云“桑土，桑根也”，“桑土”，《韩诗》作“桑杜”，意思一样，即桑根也。茅根味甘、性寒，有凉血、止血、清热、利尿之功，几十年前我乡下凡有咳血的，看不起病便去掘了茅根煎汤吃。

在《诗经》中，茅初生的芽称为“荑”。《卫风·硕人》“手如柔荑，肤如凝脂”，即取茅芽之洁白而嫩以比美女的双手。荑又可以作为男女的定情信物，价廉物美亦可情深义重，真是一种《诗经》时代特有的纯朴。

《诗经·邶风·静女》：“自牧归荑，洵美且异。”《毛传》云：“荑，茅之始生也，本之于荑，取其有始有终。”荑是初生之茅，赠之以荑，便是将初心给了他。又《诗经·召南·草虫》：“陟彼南山，言采其薇。未见君子，我心伤悲。亦既见止，亦既觏止，我心则夷。”夷与伤悲相对，即喜悦之意。荑、夷两字古音同，以荑为信物即取不忘初心、始终相好的意思。

茅随处可见，并非罕物，但用场却极大，《周易·系辞》引孔夫子的话说“茅之为物薄，而用可重也”。《左传·僖公四年》记述“齐桓公伐楚”。面对大兵压境，楚成王表示强烈抗议：“君处北海，寡人处南海，唯是风马牛不相及也。不虞君之涉吾地也，何故？”我们两国油不惹水，你凭什么讨伐我？管仲列了楚国的两条罪状，第一桩罪便是“尔贡包茅不入，王祭不供，无以缩酒”。楚国没向周王进贡茅草，这竟然是第一大罪，如今看来像是笑话，但《诗经》时代，国之大事在祀与戎，茅恰恰是祭祀时缩酒仪式的必需品。缩酒是一种祭祀仪式，《周礼·天官·甸师》郑注：“束茅，立之祭前，沃酒其上，酒渗下，若神饮之，故谓之缩酒。”“缩酒”的“缩”《说文解字》作“茜”（音 sù），上面的草字头表示茅草，下面的“酉”就是酒，把酒浇在茅草上祭神，茅草即神的附体。

从《左传》回到《诗经》。

《豳风·七月》“昼尔于茅，宵尔索绹”，“索绹”指搓绳，可见茅还可用于制作绳索。我小时候就用稻草编过绳索，虽然与《诗经》所用不同，编法想来是相似的，所以我读《七月》，觉得自己也在诗中。

茅制成的包装材料是古时的“蛇皮袋”，就连分封诸侯也要派上用场。《史记集解》引张晏说：“王者以五色土为太社，封四方诸侯，各以其方色土与之，苴（音 jū）以白茅，归以立社。”王者分封诸侯，用白茅袋包了泥土授予被封者，象征授予土地和权力。去东方就包青泥，去西方就包白泥，诸侯拿了泥包，去分封地立社庙，就表示他从此是这方土地的主人。“苴以白茅”的“苴”即《说文解字》里的“蒩（音 zū）”，凡用茅做的草垫子、包装袋都可以“蒩”“苴”称之。如

《仪礼·士虞礼》“取黍稷，祭于苴三”，“苴”即藉，也叫“藉”，“凭藉”之谓，说白了，就是个茅草垫子。祭祀的时候，供品放在茅草垫子上，茅草垫子放在筐里，小心轻放，寓有虔诚谨慎之意。所以，《易经·系辞上》大过卦初六爻辞：“藉用白茅，无咎。”孔子曰：“慎之至也。夫茅之为物薄，而用可重也。慎斯术也以往，其无所失矣。”凡事先用一个柔软的茅草垫子打底，不去硬碰硬，报之以慎重的态度，如此便不会有什么过失了。这亦是老子“守柔曰强”的意思。

藉、苴，这两个字引申义都有“重叠”的意思。《诗经·大雅·云汉》“饥馑荐臻”，《毛传》云“荐，重也”。“荐”的本义是兽之所食草，原没有“重叠”的意思，因其古音与“藉”“苴”相近，所以有了“重叠”的含义。《尚书·舜典》里说“黎民阻饥”，“阻”或作“俎”。这句话历来异文较多，解释也很多。《孔传》说“阻，难”，另亦有说“阻，所恃也”，从字面上看都不成问题，但联系上下文总嫌曲折难通。俞曲园先生认为“黎民阻饥”的“阻”本字就是《诗经》“饥馑荐臻”的“荐”，“阻饥”的意思是频繁地爆发饥荒。此说甚好，但“饥馑荐臻”的“荐”本就是“藉”“苴”的借字，倒不如直接将阻字看作“藉”“苴”的借字更来得醒豁。

这些训诂问题都是从一株茅草延伸出来的，说得远了，打住。

来者不善

鄘风·墙有茨

墙有茨[1]，不可埽[2]也。
中冓[3]之言，不可道也。
所[4]可道也，言之丑也。

墙有茨，不可襄[5]也。
中冓之言，不可详[6]也。
所可详也，言之长[7]也。

---

1 茨（cí）：即蒺藜，一年生草本植物，果实有刺。
2 埽（sǎo）：同“扫”。
3 中冓（gòu）：内室，指宫中龌龊之事。
4 所：若，如果。
5 襄：同“攘”，除去，扫除。
6 详：详细地说。一说借作“扬”，传扬。
7 长：丑事远扬之意。

墙有茨，不可束[8]也。
中冓之言，不可读[9]也。
所可读也，言之辱也。

8 束：捆而除去，这里是打扫干净的意思。
9 读：传讲，宣扬。

一部《诗经》，有所谓“淫诗”，若论“淫诗”之首，非《墙有茨》莫属了。《墙有茨》写的是庶出的卫公子顽与国母宣姜私通之事，而且他们还生了五个孩子，因其身份特殊，这个乱伦事件不仅是个人隐私，亦是国家高度机密，“中冓之言，不可道也”。“中冓之言”即夜半床笫亲密的话，诗人告诫，这些事八卦不得，因为“所可道也，言之丑也”，哪里说得出口，这便是后世俗语“家丑不外扬”的来源。

诗以“墙有茨”起兴，茨是蒺藜，本字为“荠”，《诗经·小雅·楚茨》“楚楚者茨”，郑康成注《礼记·玉藻》即引作“楚楚者荠”。《说文解字》：“荠，蒺藜也。”“荠”的本义是蒺藜，不是荠菜。古从“次”、从“齐”之字多可通，“荠”“茨”虽各有本义，但从声韵角度看不妨当它们是一个字。

郭璞注《尔雅》云，蒺藜布地蔓生，子有三角，刺人。刺人是蒺藜的特征，所以“蒺”字从“疾”，“疾”的古文字像人中箭之形，加一个草字头，便是刺人之草，一目了然。“蒺”对转为“茨”，这两个字上古时声母、主元音相同，“蒺”是入声字，读得慢一些就成了“茨”，两字音义皆与“朿”（音 cì）相近。《说文解字》云“朿，木芒也”，木芒，即树木枝叶上最尖锐的部位。茦、莿、刺三字皆为“朿”的后起字。

《说文解字》中无“蒺”字，“蒺”实即“荠”的异体，“蒺藜”合音为“荠”，单言之为“蒺”、为“荠”，累言则为“蒺藜”，字形变了，但音义未变。《尔雅·释虫》里的蝍蛆亦叫“蒺藜”，就因为蝍蛆生有长角，犹草之有刺。人法自然，造了一种铁刺出来，用在战场

明·文俶《金石昆虫草木状·同州白蒺藜》

蒺藜，又名白蒺藜、屈人等，为一年生草本植物，植株低矮，茎几乎是平铺在地表，全株有柔毛，羽状复叶互生或对生，夏季开黄色小花，花期一过它就结出坚硬、尖锐的果实，果实分为五个分果，果皮有夹刺

上，亦叫“蒺藜”，王维《老将行》所谓“贼骑崩腾畏蒺藜”是也，这就像“束”与“刺”的关系。

回到“蒺”的本字“荠”。“荠”是一个形声字，形符表义，声符亦表义，一切形声字本质上都是会意字。“荠”从“齐”声，“齐”的本义为稻麦的芒刺，先民见蒺藜刺人，便造了一个“荠”字出来，形、音、义都顾及了，很了不起。一字出世，便是一佛出世，传说仓颉造字鬼哭神嚎，耸人听闻的话无非是为了显出文字初创时的苦心和分量，叫人敬畏尊重，不起轻薄的心思。

蒺藜，乡间唤作“刺藜”，刺藜蔓生成群，所以也叫“刺藜蓬”，“蓬”之为言多也。《小雅·楚茨》：“楚楚者茨，言抽其棘。”“楚楚”即形容刺藜之多，闻声知义，《诗经》里的形容词都用得这样好。刺藜多生在坟窠、埂滩边，我小时候乡下多见，敬而远之，所以乡间孩子，即在懵懂之时出门去亦知人世有一曲“行路难”，比书上来得真切。蒺藜是天地对世人的警报，亦名“止行”“屈人”“休羽”。生出这样的东西，正是天地之大慈悲，叫人知进退；取这样的名字，见得古人的一片苦心，对世事人情不可轻佻。虽行路难，但是在真实的今生今世，天地有信，诚实不欺。《易经·困卦》说“据于蒺藜”，这蒺藜如何据得？所以孔子说“非所据而据焉，身必危”。要说大道理，就拿一个常见的意象出来，主观情意与外在物象相统一，实象与虚感相契合，物象与心灵相呼应，这是《易经》，亦是《诗经》，凡成经典，皆近人情。

蒺藜刺人，古人视它为恶草，香草美人可比君子，蒺藜只能比作小人了。东方朔《七谏·怨思》代屈原言说，表现了对朝政黑暗和君王失德的怨愤，“江离弃于穷巷兮，蒺藜蔓乎东厢”，无限悲伤。《韩诗外传》亦说“春树桃李，夏得阴其下，秋得食其实；春树蒺藜，夏不可采其叶，秋得其刺焉”，蒺藜即比忘恩负义之人。这且罢了，我从小生长于乡间，只见蒺藜生在坟窠、埂滩，除非久废之屋，一般它是不会长到厢房、墙头上去的。所以，《晋书·五行志》将“墙有茨”这种事情称为“草妖”，反常为妖，正如男女之乱伦。以“墙有茨”兴公子顽与宣姜私通，正是这样的道理。

见了“墙有茨”三个字，就晓得接下来肯定来者不善，不会是什么好事，不说破、不八卦，意在言外、意即在人心，大家都懂了，点到为止，如此便好。

风雅自天

卫风·淇奥（一章）

瞻[1]彼淇奥[2]，绿竹猗猗[3]。
有匪[4]君子，如切如磋[5]，如琢如磨[6]。
瑟兮僩兮[7]，赫兮咺兮[8]。
有匪君子，终不可谖[9]兮。

---

1 瞻：看。
2 淇奥（yù）：淇水深幽处。奥，通“隩”，河岸弯曲的地方。
3 猗（yī）猗：美盛、茂密的样子。
4 匪：通“斐”，有文采的样子。
5 切磋：本义是加工玉石骨器，引申为讨论研究学问。切，治骨曰切；磋，治象牙曰磋。
6 琢磨：本义是玉石骨器的精细加工，引申为学问道德上钻研深究。琢，治玉曰琢；磨，治石曰磨。
7 瑟：仪容庄重的样子；僩（xiàn）：神态威严。一说宽大的样子。
8 赫：显赫。一说光明的样子；咺（xuān）：心胸宽广的样子。
9 谖（xuān）：忘记。

约日本江户时代嘉永元年（1848）·细井徇《诗经名物图解·绿竹》

“绿竹猗猗”，《毛传》将其分为王刍、萹蓄两种植物，朱子《集传》则认为“绿竹”应为竹类。绿竹，因竹身全绿而得名，别名甜竹、吊丝竹，俗称“马蹄笋”，为著名笋用竹种。竹竿可作家具、农具，或劈篾编织竹器，或作造纸原料，其中层竹材可入药

我小时候，村坊上有几片竹林，乡里人叫“竹笎地”，这个叫法，直通《说文解字》。《说文解字·竹部》云：“笎，竹列也。”只觉古之人何远之有。

《诗经》写竹大而化之，只一个“竹”字不细分，要读者自己体味。吾乡把竹大致分为毛竹、杜竹两种。毛竹是山里生的，粗大；吾乡平原种的多是杜竹，比毛竹小。《尚书·禹贡》所谓“筱荡既敷”，“筱”即杜竹，“荡”即毛竹，与吾乡的分法一样。

杜竹实即土竹，以别于山里的大竹。“土”“杜”相通，如《诗经·豳风·鸱鸮》“彻彼桑土，绸缪牖户”，这里的“土”，《韩诗》作“杜”；又《诗经·大雅·绵》“自土沮漆”，《齐诗》作“自杜沮漆”。吾乡又有杜布、杜酒、杜瓜之类，亦同此意，以自别于通都大邑。

毛竹粗大，“毛”盖“马”之音转，古凡大物喜欢加一个“马”字，就如小物加“女”字一样。《尔雅·释草》云“葴，马蓝”，郭璞说马蓝“今大叶冬蓝也”；又“杨，枹蓟”，郭璞说枹蓟“似蓟而肥大，今呼之马蓟”；再有“莙，牛藻”，郭璞说“似藻，叶大，江东呼为马藻”。其例甚多，不备举。至于《诗经·卫风·竹竿》中的“籊籊竹竿”，毛公说“籊籊”是长而细小之貌，此类竹子大概是淡竹之属，吾乡不种。

竹之为物，风雅自天，非草非木，自是特立于天地间的异类，《尔雅》将其放在“释草”里，实在是委屈它了。《说文解字》有“木部”“草部”，还有“竹部”，这才公平，其“竹部”有一百四十四字，是汉字里的一支大部队，见得古人对“竹”的看重。

《诗经》中“竹”字多见，如《卫风·竹竿》“籊籊竹竿，以钓于淇”、《秦风·小戎》“交韔二弓，竹闭绲縢”等，皆是。甲骨文卜辞中即有“王用竹”“叀竹先用”（按：叀，音 zhuān，古同“专”）的记载，可见古代北方气候温暖，犹今之江南，竹是开门常见之物。读《说文解字·竹部》，可知竹的品类之多、用场之广，难怪古人于木、草之外另专列一个“竹部”出来，唯其如此，才对得起天地造竹的仁心。

我们常说“梅兰竹菊”，《诗经》中有梅、兰、竹，没有写到菊，后来屈原、陶渊明把它补上了。当然，《诗经》中有柏树，《说文解字》云“柏，鞠也”，“鞠”是柏的别名，《尔雅》作“椈”。我们现在说的菊花，古书亦作“鞠”，如《礼记·月令》“鞠有黄花”是也，这样说来，梅、兰、竹、鞠，《诗经》都写到了，不过这个“鞠”是柏树。

《诗经》写的梅、兰、竹与现在说的亦不完全一样。比如，《郑风·溱洧》“士与女，方秉蕑兮”中的“蕑”，毛公说是兰，但那时候说的兰，是泽兰、佩兰之属，并非兰花。再如《秦风·终南》“终南何有，有条有梅”中的“梅”，是楠木，而楠木正是“梅”字的本义，我们现在说的“梅”，本字是“某”。

再说竹，《淇奥》开篇就说“瞻彼淇奥，绿竹猗猗”，毛公注解说“绿”“竹”是两种草。“绿”也叫“王刍”，《尔雅》写作“菉”；“竹”是萹竹，萹竹不是竹。萹竹亦写作“萹筑”“萹蓄”，是清热、利尿、通淋的要药，《太平惠民和剂局方》有“八正散”，清热泻火、利水通淋，其中即用萹蓄。

约日本江户时代嘉永元年（1848）· 细井徇《诗经名物图解 · 王刍、萹蓄》

王刍，学名荩草，又名菉草、黄草，为一年生草本，多生于山坡草地阴湿处，是一种常见的野草，全草可入药，汁液可做黄色染料；

萹蓄，一年生草本植物，开花为绿白色或红色，其茎像竹子一样分节，叶狭窄似竹，因而又叫萹竹、竹节草，萹蓄全草可入药，幼苗及嫩茎叶可食用，是中国民间传统的野菜

《韩诗》则直接将“绿竹猗猗”写作“绿薄（音 dú）猗猗”，竹字作“薄”，亦以为萹蓄。反正早期的《诗经》经师都认为“绿竹”是王刍和萹蓄。要之，倘若我们穿越去汉朝，考试的时候看到“绿竹猗猗”，千万别回答说“是竹林”，因为标准答案是“王刍、萹蓄”。

到了三国时期，陆玑《毛诗草木疏》的说法与毛公不同，“绿、竹一，草名，其茎叶似竹，青绿色，高数尺。今淇澳傍生此，人谓此为绿竹”。照陆玑的意思，“绿”和“竹”是一种东西，不是毛公说的王刍和萹蓄。文中既有“今”字，可见陆玑是经过目验的，至少亦是耳闻，说明东汉末年淇水一带“绿竹”极多。按《毛诗草木疏》的描述，“绿竹”像是吾乡说的箬竹，茎叶似竹，不过矮小了些，算是竹子里的侏儒，所以称它为“箬”。“箬”“女”古音近，“箬竹”与“女桑”“女墙”一样都表示小。箬竹吾乡多见，叶子可用来裹粽子，比用荻芦叶裹的粽子香。浙江湖州长兴有箬溪，因箬得名，此地旧时出美酒，名“箬下酒”，白居易《钱湖州以箬下酒》诗云“倾如竹叶盈樽绿，饮作桃花面上红”，叫人想起“竹叶青”。

据文献记载，古时淇水确实多竹，《淇奥》诗里的“绿竹”我们亦不妨将其理解为竹林。但毛公、《韩诗》的说法亦不能轻易否定，也许先秦时代淇水除了竹子，还盛产王刍、萹蓄，否则毛公、韩婴不至于异口同声地说“绿竹”不是竹了。

淇水之竹在西汉、东汉曾各有一次大规模的砍伐。《水经注·淇水》：“汉武帝塞决河，斩淇园之竹木以为用；寇恂为河内（按：河内，今河南黄河以北地区），伐竹淇川，治矢百余万，以输军资。”郦道元

明末清初·恽寿平《花果册·玉笋》(旅顺博物馆藏)

经过淇水的时候“通望此川，无复此物”，已经见不到竹子了，他分析原因，把锅都甩给了汉武帝和寇恂。

《诗经》里的“竹”还有一句特别有名，这便是《小雅·斯干》里的“如竹苞矣，如松茂矣”，后来，简化为成语“竹苞松茂”，我小时候，老房子的门额上常见这四个字。“竹苞”的“苞”毛公解释为“本”，郑康成注解说“言时民殷众如竹之本生矣”，一本多生，大概是吾乡说的“孝顺竹”，我在石门乡下，多见农家植于河边，特别好看，确有“时民殷众”之象。据去过两广的朋友说，那里的竹子一本

约日本江户时代嘉永元年（1848）·细井徇《诗经名物图解·笋》
笋，为竹子初从土里长出的嫩茎、芽，又称“竹笋”。笋一年四季皆有，惟“春笋”“冬笋”味道最佳，自古便被当作“菜中珍品”，是人们喜爱的佳肴之一。笋的品种繁多，若按照种类进行区分，有毛竹笋、淡竹笋、早竹笋等八十余个品种，若是按照季节进行划分，可将其分成两大类：一种是春笋，另一种则是冬笋

丛生而且粗大，比吾乡“孝顺竹”更茂盛，但我不敢说《斯干》里的竹即是此类，毕竟南北相去甚远，有风马牛不相及之感。

“苞”“本”一声之转，没问题。但我的看法，“竹苞松茂”的“苞”亦可通“葆”。《说文解字》：“葆，草盛貌。”如竹苞矣、如松茂矣，“苞”“茂”其实是一个意思，都是茂盛。《大雅·行苇》“方苞方体”的“苞”，郑康成解释为“茂”，移到此诗何尝不可。引申之，《曹风·下泉》中的“洌彼下泉，浸彼苞稂”“洌彼下泉，浸彼苞萧”，《小雅·四牡》中的“翩翩者鵻，载飞载下，集于苞栩”“翩翩者鵻，载飞载止，集于苞杞”等句中的“苞”皆可解释为“茂”。所以《斯干》中的“竹”亦只是泛指，未必专指“孝顺竹”。

有竹就有笋，有笋便有竹。《诗经·大雅·韩奕》写韩侯回国，周宣王派显父为他饯行，一桌菜，有鳖有鱼，“维笋及蒲”。毛公说“笋，竹也”，不作细分，竹是笋之成，笋是竹之初。郑康成细分了一下，说“笋，竹萌也”，加了一个“萌”字，意思更显豁。吾乡南面的许村人叫笋为“竹头”，正合“竹萌”之义。从《韩奕》可见，笋进入中国食谱是非常古老的事。

我小时候屋后有竹笐地，冬天掘鞭笋，春天掘春笋，冬笋则需上街买。吾乡所谓冬笋特指山里毛竹的笋，杜竹的笋即使寒冬掘出来，亦只叫它“鞭笋”。不论春笋、冬笋、鞭笋，于我而言都是喜欢的，各有各的味道。我尤其喜欢冬笋烧腌肉，最嗄饭，此菜亦叫“腌笃鲜”，“腌”即腌肉，“笃”即竹笋，古音“竹”“笃”同音，其实当作“腌竹鲜”。俗语中往往留存古音，于此可见。

“维笋及蒲”这一句,《说文解字》引作“惟苇及蒲”，这个“苇”大概是指嫩苇，即芦苇的嫩芽，其味道如何，我没吃过，不敢说。《尔雅·释草》说芦苇“其萌虇（音 quǎn）”，竹萌叫“笋”，芦萌叫“虇”，既有专名，可见其重要。《诗经》中有一首《秦风·权舆》，毛公注:“权舆，始也。”“权舆”本指草木初发，诗中引申为起始，也许正是得义于“虇”。芦苇与竹类似，非草非木，不知古人何以将其列于“草部”，我以为改作竹字头似更合适些。

给我一杯忘情水

卫风·伯兮

伯兮朅[1]兮，邦之桀[2]兮。
伯也执殳[3]，为王前驱。

自伯之东，首如飞蓬[4]。
岂无膏沐[5]，谁适[6]为容。

1 朅（qiè）：勇武高大。
2 桀：同“杰”，杰出。
3 殳（shū）：古兵器，杖类，长丈二，无刃。
4 飞蓬：随风飞散的蓬草，形容头发散乱貌。
5 膏沐：妇女润发的油脂。
6 适，取悦，喜欢。

其[7]雨其雨，杲杲[8]出日。
愿言[9]思伯，甘心首疾[10]。

焉得谖草，言树之背[11]。
愿言思伯，使我心痗[12]。

---

7 其：表示希望或祈求的语气词。

8 杲（gǎo）杲：明亮的样子。

9 愿言：眷眷的样子。

10 甘心首疾：指思念过度而头痛。

11 背：同“北”，屋子北面、后院，这里指北堂阶下。

12 痗（mèi）：忧思成疾。

读《召南·草虫》“亦既见止，亦既觏止，我心则说”，只觉得人世有多好，即便与我无关，亦自替他们开心。《卫风·伯兮》就不一样，起首倒还好，一片富丽堂皇之语，真如乐府里的罗敷、胡姬，冰肌玉骨，珠光宝气，叫人觉得那人好到不能再好。但是话越说得富丽，越见得女心伤悲，似此一个好人，正该与他厮守一生，现世里却隔着人世契阔，一去迢迢，相见何期。我真希望《伯兮》里的男子能早些回来，回来接着《草虫》歌多好，千万不要像唐诗里的“可怜无定河边骨，犹是春闺梦里人”。

人到百无聊赖时总需要有一点东西来依靠，哪怕一草之微也不妨当作宗教来信仰，所以世间便有了“救命稻草”之说。此诗末章说到谖草，道理亦然。谖草今通作“萱草”，俗称“黄花菜”。“萱草”这个名字实在好听，叫人不忍心喊出它的俗名来，好的名字是有力量的。毛公注解说，“谖草令人忘忧”，故其亦称“忘忧草”“疗愁草”。“故人久不来，萱草何离离”，末了仍只是“愿言思伯，使我心痗”，救命的萱草终告破灭。正像宋词里的“小轩独坐相思处，情绪好无聊；一丛萱草，数竿修竹，几叶芭蕉”，真正的愁深似海，除非那人来了，否则，终归是无药可医的。

“焉得谖草”一句版本很多，据陆德明《经典释文》所述，一本作“焉得萱草”，《尔雅》释文引作“焉得蕿草”，李善注《文选》引《韩诗》作“焉得諠草”，《说文解字》引《诗》作“安得藼草”。算一下至少有五种异文，九九归一，“藼”是《说文》正字，也写作“蘐”“萱”，“谖”“諠”都是“藼”的同音通假字，“蕿”是“蘐”的

明末清初·恽寿平《春花图册·萱草》（上海博物馆藏）

萱草，百合科萱草属的一种多年生宿根草本，别名金针、忘忧草、宜男草、疗愁、鹿箭等，其叶一般较宽，开花期会长出细长绿色的开花枝，花色橙黄，花柄很长，呈似百合花一样的筒状，其花早上开，晚上即凋谢，无香味

省文。五个版本五个字，读音却都一样，但后以“萱”字最为通行。

读书须如古人的慢游，一个字一个字过去，不贪快马加鞭，要紧的字上不妨盘桓悠游一番。且说“焉得谖草”的“谖”字。“谖”在《诗经》里算得一张熟面孔，《卫风·淇奥》“有匪君子，终不可谖兮”，《卫风·考盘》“独寐寤言，永矢勿谖”，诗中的“谖”都是忘的意思。谖草令人忘忧，其名字里就寓有这样的意思，孔颖达因此说“谖非草名”，所谓“谖草”只是诗人的假设之辞罢了，世上并无这种草。这让我想起年轻时传唱的《忘情水》——“给我一杯忘情水”，“忘情水”并非实有的东西。

谖草忘忧，古人有从它的药理上说的，但总觉不十分贴切，我以为不如从它的读音上切入为好。“谖”与“欢”古音相同，故而意思亦相通。《战国策》里的冯谖，《史记》作“冯驩（音 huān）”，“驩”“歡（欢）”均从“雚”声，义得相通。如《史记·廉颇蔺相如列传》“以一璧之故，逆强秦之驩，不可”，“驩”即“歡（欢）”。因此，所谓“谖草”实即“欢草”，欢与忘忧亦一事之两面。古人听见了“谖”，自然而然联想到“欢”，联想到“忘忧”，此即谐音通感，是《诗经》常用的一种修辞手法。

谖草又作“蕿草”“蘐草”，谖、蕿、蘐，这三个字都从“爰”声，古音皆读如“欢”，看着令人头晕，其实一点也不复杂。《尔雅》说“蕿、谖，忘也”，不如直接说“蕿、谖，欢也”来得直截了当。

回到它们《说文解字》的正字——藼。藼从“憲（宪）”声，宪、欢两字古时亦声同义通。《大雅·板》“天之方难，无然宪宪”，《毛传》曰“宪宪，犹欣欣也”，欣欣，也就是欢欢。

“谖草”《韩诗》作“諠草”，“諠”是“萱”的借字，萱、歡（欢）古时亦音义相通。如《说文解字》“爟（音 guàn），或从亘作烜（音 xuān）”“絙（音 huán），缓也”“讙（音 huān ），哗也”，又如“讙哗”，今通作“喧哗”，皆足为萱、欢音同义通之证。说到底，谖草、萱草、蕿草、諠草、藼草，都只是一个“欢草”。

嵇康《养生论》云：“合欢蠲忿，萱草忘忧。”虽是两种植物，但都取义于“欢”，所以朱子《诗经集传》说“谖草、合欢，食之令人忘忧者”。连类而及，从《伯兮》往下，“欢”自然而然成了情人的代名词，如乐府诗便有“欢作沈水香，侬作博山炉”。

六朝乐府常有痴情之语，《子夜歌》《读曲歌》里“欢”字最多见。“怜欢敢唤名，念欢不呼字。连唤欢复欢，两誓不相弃。”情人爱到深处，连名字也舍不得叫，只是叫“欢欢”“欢欢”。

除了萱草，《诗经》中还有一种植物，我以为与萱草用场相似，那就是蝱（音 méng），出自《鄘风 · 载驰》的“陟彼阿丘，言采其蝱”。蝱本是一种咬人的虫子，在这里是“莔”的借字，两字读音相同。莔即贝母，李时珍说贝母根状似蝱，故称“蝱”，望文生义，不足为训。

毛公说《鄘风 · 载驰》“言采其蝱”是“采其莔者，将以疗疾”，这首诗是写许穆夫人忧念故国，所谓“疗疾”当然是疗忧，忧国忧民之忧。贝母有宽胸散郁之功，放在这里似乎也说得过去。但我们亦不妨换个思路，从谐音通感来看，“蝱”“忘”古音相同，“焉得谖草”“言采其蝱”，其实是一样的道理。谖，欢也；蝱，忘也。

约日本江户时代嘉永元年（1848）·细井徇《诗经名物图解·莔、麦》

《鄘风·载驰》“陟彼阿丘，言采其莔”的“莔”，为“蝱”的借字，蝱即贝母，为多年生草本植物，叶狭长披针形，春天开淡黄色花。其鳞茎可供药用，药材“贝母”即为本属植物的干燥鳞茎，应用历史悠久，有润肺止咳之功效

清·黄山寿《萱草月季图》

孔颖达说谖草是诗人想象中的草，是虚的，但《载驰》的“言采其蝱”却是实的，一虚一实，取的都是谐音通感。究竟能不能疗愁，大概只能像《古诗十九首》里说的，“此物何足贵，但感别离时”，无非是一种寄托罢了，她自己何尝不晓得。

宋代李清照在《菩萨蛮》词里说“忘了除非醉”，然则醒来呢，醒来又当如何？

一日不见

王风·采葛

彼采葛兮，一日不见，如三月兮。
彼采萧兮，一日不见，如三秋[1]兮。
彼采艾兮，一日不见，如三岁兮。

---

1 三秋：三个秋季。通常一秋为一年，后又有专指秋三月的用法。这里三秋长于三月，短于三年，义同三季，即九个月。

约日本江户时代嘉永元年（1848）·细井徇《诗经名物图解·葛》

葛，别名葛藤、甘葛、野葛等，为多年生草质藤本植物，花紫红色，其茎长二三丈，缠绕他物之上，可用于编篮做绳，其茎皮纤维可织布、造纸，葛藤块根肥大，称“葛根”，可制淀粉或酿酒，亦可入药

《采葛》一诗，即不看注解，涵泳本文，亦见得分明是一首情诗。朱子《诗经集传》说:“盖淫奔者托以行也，故因以指其人而言，思念之深，未久而似久也。”朱子说“淫奔”，即是看到了这诗里有男女之情，今之所谓爱情，古之所谓淫奔，今古说法不同，道理却是一样的。郑康成总看不见男女，说此是“桓王之时，政事不明，臣无大小，使出者则为谗人所毁，故惧之”，说得这么大，如何能服人心？方玉润《诗经原始》虽在朱子之后，照样看不见男女，以为“此诗明明千古怀友佳章，自《集传》以为淫奔者所托，遂使天下后世士大夫君子不敢有寄怀作也，不知此老何以好为刻薄之言若是”。我以为真正刻薄的倒是方玉润。

葛可以做葛布，萧可以供祭祀，采艾做什么？难道是谐音“爱”？当然不是，现在艾、爱两字读音相同，但古音却相差很远，并不能谐音，就如“爱”这个字，本义是走路的样子，爱情的“爱”，本字是“炁”。

毛公说:“艾，所以疗疾。”一部《诗经》，采草无数，只有《采葛》里的“彼采艾兮”、《鄘风·载驰》里的“言采其蝱”，毛公说是为疗疾，可见艾之为药用是非常早的。艾草性温，能散寒止痛。《黄帝内经·异法方宜论》说:“北方者，天地所闭藏之域也。其地高陵居，风寒冰冽。其民乐野处而乳食，藏寒生满病，其治宜灸焫（按:音 ruò，本义为烧、点燃），故灸焫者，亦从北方来。”北方寒冷，说艾灸起于北方，其实亦着眼于艾草性温散寒之功。我学医时背《汤头歌诀》，一本书艾草多见，其中四生丸、胶艾四物汤至今常用。四生丸方用生荷叶、生艾叶、生柏叶、生地黄，为血热吐衄常用方。胶艾

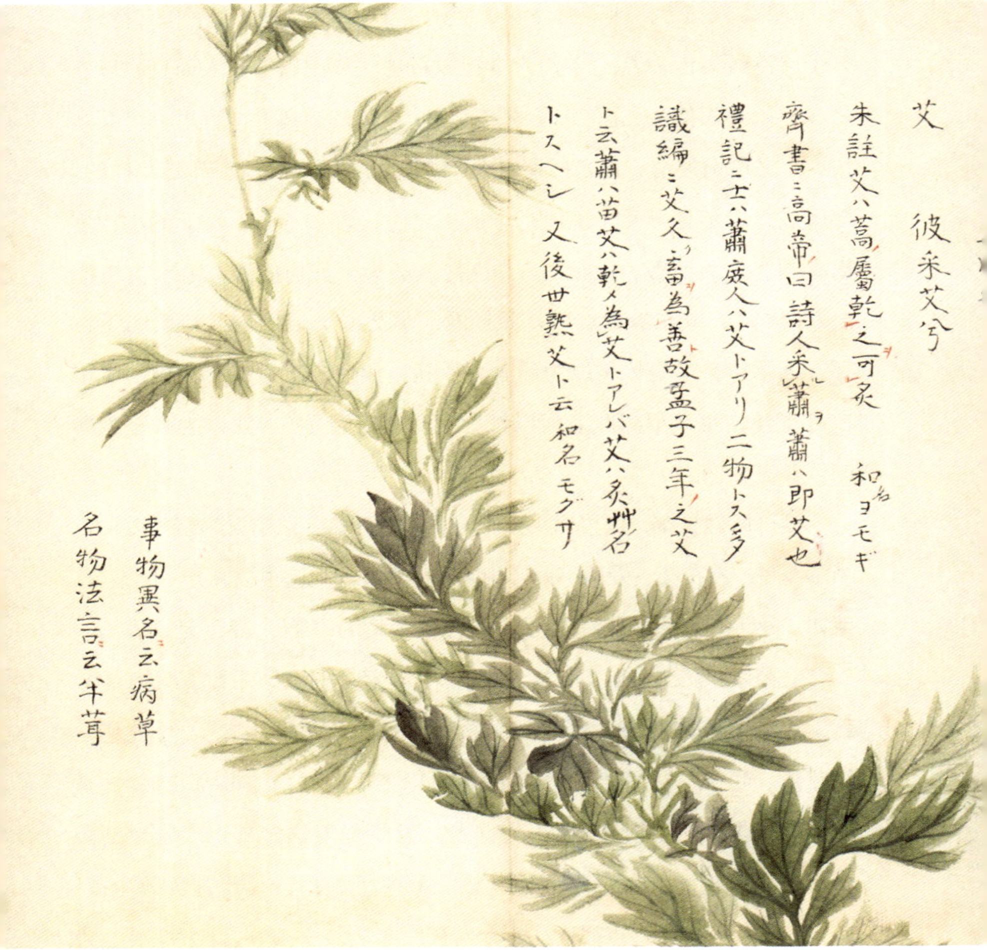

约日本江户时代嘉永元年（1848）·细井徇《诗经名物图解·艾》
艾，又称艾蒿、白蒿、冰台、医草、甜艾、灸草等，为多年生草本植物，嫩叶可食，老叶晒干捣碎得“艾绒”，可制艾条供艾灸用，民间还有在端午节期间插、挂或佩戴艾草的习俗，以求驱鬼辟邪，祛除百病

四物汤出自《金匮要略》，是个古方，用阿胶、艾叶、川芎、甘草、当归、芍药、干地黄，为养血止血、调经安胎之要方。艾叶有温经止血之功，为妇科良药，所以《名医别录》说它“使人有子”。我小时候听曾叔祖母说，她外祖父金子久先生是江南名医，曾治一白内障病人，叫人去德政寺里采了艾草，晒干后燃烟熏目，不久竟重见天日，此事儿时所闻，记忆至今，足见大医手段如《诗经》一样高妙。

艾草疗疾，大而化之，亦用于端午辟邪禳毒，《荆楚岁时记》已有记载，可见这种习俗起源之早。艾草芳香，亦称“艾蒿”，《诗经》“采蘩祁祁”，“蘩”别名“白蒿”，“菁菁者莪”，“莪”亦名“萝蒿”，皆因其芳香名之，可见“蒿”是香草的一个通名。吾乡大麻人过端午，只是大门上插桃叶，杭州人倒还如《荆楚岁时记》一样。有一年我在杭州，适逢端午，菜场上卖艾草的摊头有好几个，且便宜，我也买了一把，入乡随俗。我颇喜欢艾草香，亦喜欢这个“艾”字。《孟子》说“知好色，则慕少艾”，“少艾”即美少女。“艾”本为草名，何以有美女的意思，就因为它的读音好听。“艾”对转，为“娥”，美女也；为“彦”，美士也。先民造字，寄了这么好的读音给它，总见得古人对它的欢喜。《离骚》却说“户服艾以盈要兮，谓幽兰其不可佩”，不知屈原何故将其视为恶草？

艾还有一个别名，叫“冰台”，见于《尔雅》《说文解字》。西晋张华《博物志》云：“削冰令圆举以向日，干艾于后，承其景（影）则得火，故曰冰台。”我以为此为后起曲说，不足采信，把冰块削成圆形，对着太阳以艾承影得火，这是聚焦原理，以其他草木承影何尝不然？

“冰”是“凝”的异体字，我们现在说的“冰雪”的“冰”本字为“仌”。艾，冰台也，冰台亦即“凝台”。艾、凝两字上古音的声母一样，所谓“凝台”，合音近似“艾”。这种分合音的现象古文献多见，即郑樵所谓慢声为二，急声为一，慢声为“者焉”，急声为“旃”，慢声为“者与”，急声为“诸”是也。慢声、急声，即徐呼、疾呼，凡合音字皆成于疾呼者。又《说文解字》曰“椎，击也，齐谓之‘终葵’”，“终葵”合音即为“椎”;《尔雅》曰“‘不律’谓之‘笔’”，又云“杜，土卤”，“不律”即“笔”的分音，“土卤”即“杜”之分音；再如《庄子》里的“离朱”、《孟子》里的“离娄”，都是传说中视力超强的人，“离朱”“离娄”合音起来就是《周礼》里“眂瞭”的“瞭”。方言土话中亦常见分合音。比如“落花生”，河北人叫“拉生”，“拉”即“落花”之合音；再如，吾乡大麻表示程度深就说“木老老”，仅隔几里路的亭趾人、临平人就说“毛”，杭州城里人亦说“毛”，吾乡说“木老老多”，亭趾人、临平人、杭州城里人叫“毛多”；又如“我们”这个词，吾乡大麻叫“阿拉”，相邻的博陆人叫“哇”。凡此之类，皆分合音现象，“艾”之于“冰台”，亦犹此也。

女人如花

郑风·有女同车

有女同车，颜如舜华。
将翱将翔[1]，佩玉琼琚[2]。
彼美孟姜[3]，洵美且都[4]。

有女同行，颜如舜英。
将翱将翔，佩玉将将[5]。
彼美孟姜，德音[6]不忘。

---

1 将翱将翔：鸟飞貌，形容女子步履轻盈。一说遨游徘徊。

2 琼琚（jū）：指精美的玉佩。

3 孟姜：姜姓长女。《毛传》云，“齐之长女”。排行最大的称孟，姜则是齐国的国姓。后世“孟姜”也作为美女的通称。

4 洵（xún）：确实；都：娴静、娴雅。

5 将将：即“锵锵”，玉石相互碰击摩擦发出的声音。

6 德音：好名声，亦指好品德。

约日本江户时代嘉永元年（1848）· 细井徇《诗经名物图解 · 荍》

荍（qiáo），即锦葵，别名荆葵、钱葵、金钱紫花葵、小钱花、棋盘花等，为两年生或多年生直立草本植物，夏季开花，多为紫红色，供观赏，另还可药用，或者食用

《诗经》里的美女，一个有一个的美，细而分之，如《卫风·硕人》的“手如柔荑，肤如凝脂，领如蝤蛴，齿如瓠犀”，一笔不苟，是写实的工笔画;《陈风·东门之枌》的“视尔如荍”、《郑风·有女同车》的“颜如舜华”，直接拿花来比美貌，是写意画。无论写形写意，随意点染都是这样好看，中国文学天生丽质，一开门就阳光明媚。

舜花是什么？先看“舜”的本义，《说文解字》说:“舜，草也。楚谓之葍（音 fú），秦谓之藑（音 qióng），蔓地连华。”舜是草本植物，开花，别名葍、藑。如此，《小雅·我行其野》“我行其野，言采其葍”中的“葍”便是舜花了？但毛公说，葍是恶草，那美丽的舜花显然不会是“葍”了。古书上通假字太多，到处都是地雷阵，毛公是一位排雷专家，有他在前面辛苦，我放心。毛公注解“颜如舜华”，说舜即木槿，并非葍草。换句话说，这里的“舜”只是一个通假字，说白了，此“舜”非彼“舜”。

许慎《说文解字》专讲本字，在《说文解字·草部》中有一“蕣”字，许慎说，蕣即木槿，“朝华暮落者,《诗》曰‘颜如蕣华’”。蕣、舜是两种不同的植物，毛公释舜为木槿，在他的解释体系里，“颜如舜华”的“舜”，本字为“蕣”。毛公为什么不直接说此“舜”即彼“蕣”，非要绕个圈子呢？其实，这背后有一个强大的版本系统，毛公并非故意兜圈子绕远路。我们看《说文解字》引《诗经》即作“颜如蕣华”，又如《吕氏春秋·仲夏纪》高诱注、赵岐《孟子章句》亦均作“颜如蕣华”，毛公、许慎、高诱、赵岐都是汉朝人，可见“颜如舜华”的“舜”，在两汉时期的《诗经》版本里多作“蕣”字，那时

约日本江户时代嘉永元年（1848）·细井徇《诗经名物图解·舜》

舜，即木槿，别名木棉，荆条，朝开暮落花等，是一种常见灌木花种，各地均有栽培。其于夏、秋季开花，花色和品种众多，花期特长。木槿花的营养价值很高，可食用，其花、果、根、叶和皮均可入药，种子称“朝天子”

的人读《诗经》多见的是“颜如蕣华”。毛公的版本虽然写作“颜如舜华”，但他还是按照“颜如蕣华”作注，训诂须顾及版本，这是经师的谨严处。

木槿有幸，在《诗经》里出了场，相当于人世圣贤入祀孔庙，人有字号，草木亦然。木槿的别名特别多，《尔雅》里的“椵”“榇”都是木槿，郭璞说木槿又叫日及、王蒸。“日及”亦作“日给”，“及”“给”同音，宋朝人田敏校勘《尔雅》的时候不知“日及”为何物，径改为“白芨”，闹了千古笑话。所谓“王蒸”是说木槿的花可以蒸食，吃花倒是风雅，只不知味道如何，我没有吃过。

木槿于吾乡只叫“槿树条”，更无人叫它“舜”，叫“舜”的只有“尧舜禹汤”的“舜”，我小时候村坊上颇多老人名字里带“舜”的，但都是男人。在吾乡，槿树条种了只当篱笆用，其叶，揉碎了洗头，其花红色，清雅好看。木槿花我村坊上常见，然而有时候亲眼所见反不及诗中所写。我读到“颜如舜华”，即刻眼前一亮，人世女子之美，四个字就被说尽了，即便起初不知舜花为何物，亦觉得她美到了不可思议的境界。不知诗人是如何想到这样来比喻美女的，真真叫人出乎意外，然而又是这样的自然，叫人觉得可于现世里寻她，蓦然回首，那人却在灯火阑珊处。

木槿花好看，但开了很快就会凋谢，我小时候前埭人家有一个木槿篱笆，我走过，木槿花一碰就落，见它掉落去便觉尘世无光。古人说它“朝开暮落”，仅荣一瞬，难怪叫它“蕣花”，“蕣”之为言“瞬”也。听这个名字，便见得人世的美好多么来之不易，迟一刻不可，早一刻也不可，只在此时此刻。“有女同车，颜如舜华”，美只在瞬间，叫人来不及多想，遇到了，无负今日才好。《诗序》说此诗是“刺忽也”，即批评郑公子忽，一段好姻缘放在面前，却转身而去，这不免叫人想起一首流行歌——“爱真的需要勇气”，流行总是有道理的。只可怜今古悠悠，飘过了多少个公子忽！

《尔雅》把木槿放在“释草”里，东汉樊光解释说，木槿“与草同气，故在‘草’中”。古人喜欢讲气，姑妄听之，不必当真，亦不必当假。郭璞说木槿似李树，这是目验，与我小时候所见一样。总之，木槿虽在《尔雅》的“释草”篇，却是木本，就像木槿的两个别名“椵”“榇”一样都是木字旁。“蕣”却是草字头，这是古人大而化之的地方，既草又木，不必死磕。但王夫之却不这样看，他在《诗经稗疏》中认为“舜”是草类，非木本，并举证说，舜就是葍，舜花像牵牛花，俗称“鼓子花”。这是就舜字的本义上立说了，一反两汉经师之说，气魄够大，确是王夫之这样的大人物才敢做的事，说得对不对是另一回事。

徐鼒《读书杂释》比王夫之功夫做得细，他据《说文解字》“蕣，木堇（槿）”“舜，楚谓之葍，秦谓之藑”“藑，一名蕣”，绕了一个大圈子，得出结论——“舜”为本字，而“蕣”为后加之字。说到底，他认为木槿亦就是葍，是草本，非木本，这与王夫之的说法相似。

这样一来，好好的一句“颜如舜华”，又弄成了一笔糊涂账，考据家煞风景，往往如此。我读此诗，见得她是如此之美，美得来势汹汹，这就够了，究竟像鼓子花还是槿树花，其实并不十分要紧。

你真坏

郑风·山有扶苏

山有扶苏，隰[1]有荷华。
不见子都[2]，乃见狂且[3]。

山有桥[4]松，隰有游龙[5]。
不见子充[6]，乃见狡童[7]。

---

1 隰（xí）：低洼的湿地。
2 子都：人名，古代郑国美男子。
3 狂且（jū）：行动轻狂的人。《毛传》云，“狂，狂人也；且，辞也”。
4 桥：通“乔”，高大。
5 游龙：水草名，即荭草，又名水荭、红蓼。
6 子充：古代郑国美男子。
7 狡童：姣美的少年，一说为狡狯的少年。

朱子说《山有扶苏》是“淫女戏其所私者”，朱子说的“淫”不必当真，“女戏其所私”，这样解读最是通达人情了。女子说“不见子都，乃见狂且”，又是你这个坏人，自是正话反说。女人是天生的修辞家，她说“你真好”未必是好，“你真坏”，一定是好。尤其是说出“你是一个好人”时大抵是要一拍两散的意思，而“你这个坏人”则就是要与你相好了。

人世男女相好，好到了登峰造极、炉火纯青，连说“爱”字亦绵软无力，除非连名带姓地叫，或者开口“冤家”“坏人”，方能一抒心头之爱，其间哪有什么道理可讲。以恨之名表达的爱是够分量的，《诗经》时代的“冤家”“坏人”便是这诗里说的“狂且”“狡童”。我读朱子的《诗经集传》，真佩服他的解风情、懂女心，一个可爱的老先生。我用他的思路再读《邶风·新台》的“燕婉之求，得此戚施”，别有会心，反觉得这两人的如胶似漆了。毛公、郑康成就不一样，学问过人，情商却平平，连人家打情骂俏也听不懂，非要冲上去劝架。我听这两位先生说《山有扶苏》，真怕那里面的女子要被他们气煞！

“山有扶苏，隰有荷华”，八个字起手不凡，开场便好。扶苏凌风、荷花娇羞，高下相照，叫人觉得这世路红尘光风霁月，人情当此，如何能不好呢？写风景是兴，兴起下面的情人相见，因为人好，所以风景一下便亮了，情人眼里出西施，风景亦自如西施一样美好，这天地便是他们的。否则便只是《世说新语》里说的丧气话，“风景不殊，正自有山河之异”。在愁人眼里，人世不过是一张黑白照片，风景越好，只徒增愁绪罢了，一切风景毕竟都是主观的，一切景语皆情语。

这里只说“扶苏”，“扶苏”这个词特别好听，好听的名字叫人不忍心知道答案。但解诗却不能如此马虎，扶苏究竟是什么？毛公第一个站出来回答：“扶苏，扶胥，小木也。”“扶胥”是扶苏的别名，它是小木。胥、苏两字古音相同，可以通用，如申包胥（春秋后期楚国大夫）亦作“申勃苏”是也。毛公离《诗经》时代最近，去古未远，他的说法自然权威可靠，所以朱子《诗经集传》就一字不差地照录下来。

大家读毛公、朱子的注解，读了千百年相安无事，到了清朝终于有人看出了问题。段玉裁说，扶苏不是小木，因为毛公解说“山有扶苏，隰有荷华”两句时说“言高下大小各得其宜”，高、下指山、隰，大、小即指扶苏、荷花。因此段玉裁认为，扶苏就是《说文解字》中的“枎疏”，本义是大树枝叶四布之貌，引申为大树，而毛公说的“扶苏，扶胥，小木也”的“小”字是后人误增上去的，原文应该是“扶苏，扶胥木也”。一句话就把锅全甩给了“后人”，跟毛公无关。段玉裁学问大，脾气亦大，所以他注《说文解字》，动不动就说妄人如何如何，凡是不对处一定是妄人增删的，跟许慎无关。

段玉裁爱毛公，方玉润就不一样。他在《诗经原始》里就直接批评道：“《毛传》谓小木，非也，盖枝叶扶苏，乃茂木耳。”得出的结论倒跟段玉裁一样，说扶苏是大树。王先谦《诗三家义集疏》因声求义，也表示赞同。他说：“此木之由‘扶疏四布’受名，其义可推而得之，今亦不能定为何木，但知是大木耳。”马瑞辰《毛诗传笺通释》说此诗中荷花、桥松、游龙都是具体的植物，“扶苏”亦当是实指，不当泛称“小木”。这是就文理、语法的层面分析，也很有道理。

约日本江户时代嘉永元年（1848）·细井徇《诗经名物图解·龙》
龙（游龙），即红蓼，别名茏古、荭草、红草、大红蓼等，多生于沟边湿地，为蓼科蓼属一年生草本植物，其茎粗壮直立，叶绿，且花密红艳，适宜做观赏植物。其果实可入药，名“水红花子”，有活血、止痛、消积、利尿等功效。红蓼于夏、秋开花，其穗状花絮格外引人注目，所谓“游龙”，“龙”是“茏”的假借，“茏”即茏古，而“游”即旗帜飘动貌，正如蓼花在风中舞动的样子

宋·赵佶《红蓼白鹅图》（台北故宫博物院藏）

约日本江户时代嘉永元年（1848）·细井徇《诗经名物图解·朴樕》
朴樕，泛指丛木、小树；朴，为落叶乔木，叶椭圆形，上部边缘有锯齿，花细小，色淡黄，果实球形，黑色，味甜可食，木材可制器具

从马瑞辰的思路看，“小木”如果是泛指，则与上下文义不合，说不通，段玉裁解释为“大树”也是泛指，一样说不通。马瑞辰不赞同段玉裁“小”为衍文的观点，他引用钱大昭之说，认为“扶苏”就是《尔雅》里的“辅，小木”。“扶苏”合音即为“辅”，“辅”缓读则为“扶苏”，这在音理上是没有问题的。“辅”是一种树，它的别名叫“小木”，这个“小”不是“大小”的“小”，树的名字就叫“小”。但是“小木”究竟是什么树呢？是大树，还是小树？晋朝的郭璞已经分不清了，清人马瑞辰自然也说不清楚。

其实马瑞辰内心特别纠结。且看《召南·野有死麇》“林有朴樕”一句，毛公说“朴樕，小木也”，这里的“小木”确实是小树木的意思，与《尔雅》“辅，小木”不同。但马瑞辰却说“朴樕”转音为“扶苏”，这样一来，他就把“朴樕”“扶苏”等同了。也就是说，他一方面认为扶苏别名“小木”，是实指；一方面又说扶苏是小树木，是泛指。真叫人无所适从，足见他的纠结。

看出问题难，解决问题更难。郝懿行《诗问》怀疑“扶苏”是一种草的名字，此说既与毛公“小木也”“高下大小各得其宜”之说相悖，也与下文“山有桥松，隰有游龙”一木一草相对的文法不合，所以他也只敢说是怀疑。但由此可见，“扶苏”真是《诗经》里的一个大问题。

我个人比较赞同王先谦《诗三家义集疏》所引黄山说，“扶苏”就是“榑桑”，但其说不甚明了，这里再作一些补充。榑桑亦作“扶桑”，即大桑之义。“扶苏”“扶桑”皆一声之转，《春秋公羊传》作

“暴桑”，东汉儒学大家何休注：“暴桑，蒲苏桑也。”“暴”“扶”旁转，“蒲苏”合音为“扶”。因此，我疑心毛公所谓“扶苏，扶胥，小木也”，原文可能是“扶苏，扶胥桒（音 sāng）也”。“桒”是桑字的别体，“扶苏桒”即何休说的“蒲苏桑”，急言之则为“扶桑”。“桒”字后世误分两字，上面的部分误成了“小”字，于是就成了“扶苏，扶胥，小木也”，遂致千古疑云。当然这只是我的一个假设，区区之意，只是希望多提供一种可能性而已。也许，“扶苏”会成为《诗经》世界里一个永远的疑团。

爱情的大门朝东开

郑风·东门之墠

东门之墠[1]，茹藘[2]在阪[3]。
其室则迩[4]，其人甚远。

东门之栗，有践[5]家室[6]。
岂不尔思[7]，子不我即[8]。

---

1 墠（shàn）：经过整治的郊野平地。
2 茹藘（rú lǘ）：草名，即茜草。
3 阪（bǎn）：小山坡。
4 迩（ěr）：近。
5 有践：即“践践”，行列整齐的样子。
6 家室：房舍，住宅。
7 不尔思：即“不思尔”，不想念你。
8 不我即：即“不即我”，我不想亲近你；即：走进，接近。

南宋·马和之《陈风图卷·东门之杨》（英国伦敦大英博物馆藏）

《诗经·陈风·东门之杨》："东门之杨，其叶牂牂，昏以为期，明星煌煌。东门之杨，其叶肺肺，昏以为期，明星晢晢。"这是一首描写男女约会而久候不至的作品，表达了主人公的焦灼和惆怅之情。东门之外风吹树叶沙沙作响，星斗满天，可惜心爱的人没有如约而至。"牂牂（zāng zāng）""肺肺（pèi pèi）"，风吹树叶的响声，一说枝叶茂盛的样子。"煌煌""晢晢（zhé zhé）"，明亮的样子。

《诗经》里的“东门”盛产约会，盛产浪漫，盛产执子之手与子偕老，盛产从此相忘于江湖各生欢喜。鲁迅说，一部《红楼梦》，道学家看见淫，才子看见缠绵。《诗经》亦然，照道学家看来，东门就是一个“淫门”。《郑风》里有东门，《陈风》里亦有东门，郑、陈两国皆以“淫”著称于《诗经》，见得那时的男女，私奔是一种时髦，这也许是错觉，但人心里起了错觉，就不见得完全错。只不知《水浒传》里潘金莲的相好，施耐庵先生何以不写成“东门庆”？

读《东门之墠》，令人心旌荡漾，这是一种直觉。读《诗经》如官吏断案，直觉不一定可靠，亦不一定不可靠。此诗究竟在写什么？历代判决不同。《诗序》说：“刺乱也，男女有不待礼而相奔者也。”是说男女私奔之事，各打五十大板，够聪明。郑康成说得就具体，认为此诗是“女奔男之辞”，女子跟情人私奔，责任全推到了女方身上。一首诗只有八句话、三十二个字，不知道他是如何看出来的？反正这是宋代以前最权威的判词。倘若唐朝人考试考到这道题，这就是标准答案。

到了宋朝，此案又发回重审。朱子《诗经集传》说此诗是男女之间“思之而未得见之辞”，与“其室则迩，其人甚远”“岂不尔思，子不我即”相合。朱子平心涵泳，没有冤枉这对男女，他们纵有私奔之心，也不过一厢情愿。当然，理学家讲究诛心，心头一念也是罪，所以朱子说“东门之墠，茹藘在阪”是记“淫者”所居。朱子之说影响巨大，明清人的考试，标准答案换了。

清代是一个大翻案的时期，尤其要翻宋朝人的判词，即便说的对，也须挑出一点错来。方玉润《诗经原始》顺着朱子的思路，但不坐实，大而化之，只说是“有所思而未得见也”。“有所思”则君臣、朋友都可以，未必是男女之间，这大概是受了陈傅良“凡《诗》中所说男女之事，皆是说君臣”的影响，把好好的一部《诗经》弄得连一桩爱情也没有。如此看《诗经》味同嚼蜡，一个美女也没有的电影、电视剧谁高兴看？我以为此说总不如朱子的思路对，《东门之墠》虽在《诗经》“二十四淫诗”之列，毕竟看到的是男女之情。

到底谁判的对？且不管。我们不妨先跳出来，看一看同在《郑风》的另一首诗《出其东门》：

出其东门，有女如云。
虽则如云，匪我思存。
缟衣綦巾，聊乐我员。

出其闉阇，有女如荼。
虽则如荼，匪我思且。
缟衣茹藘，聊可与娱。

《郑风》中的这两首诗出现了一个共同的意象——茹藘。茹藘是一种植物，也叫茅搜，是《诗经》时代常用的红色染料，红色叫人想起《红楼梦》，想起饮食男女，想起死生契阔，想起“此物最相思”。毛公注解“缟衣茹藘”时说：“茹藘，茅搜之染女服也。”“茅搜”是茹藘的别名，诗中的“茹藘”指用茹藘染布做成的女服，代指心仪的

约日本江户时代嘉永元年（1848）·细井徇《诗经名物图解·茹藘、蕳》
茹藘，即茜草，属多年生草质攀援藤木，根数条至数十条丛生，外皮紫红色或橙红色。茜草是一种历史悠久的植物染料，早在商周时期就已经是主要的红色染料，古时又称茹蔗、地血，丝绸经茜草染色后可以得到非常漂亮的红色，历代文献中多有记载

女子。这个解释与上下文义冥合无间，可为定论。合两诗观之，《东门之墠》里的“茹藘”当亦代指女子。“茹藘在阪”，既是所见的实景，是赋；又以代指所思的女子，是比兴。

再说茹藘，茹藘又叫茅搜、蒨草。茅搜用一个字表示为“搜”。所以《说文解字》云：“搜，茅搜。”《山海经》载，厘山“其阴多搜”，这里的“搜”就是指茅搜。蒨，《说文解字》作“茜”，这是同一个字的两种写法。蒨从“倩”声，茜从“西”声，两字读音不同，为什么蒨、茜却是“一个字”呢？西汉扬雄《方言》说“东齐之间，婿谓之倩”。婿，《说文解字》说“读与细同”，吾乡土话至今犹然，婿、细同音。清钱绎《方言笺疏》中说“婿”之转为“倩”，犹“茜”之转为“蒨”。“茜”写作“蒨”，大概是古代齐鲁方言中“西”“倩”两字同音或近音的缘故。

“茜草”这个名字真好，且不管怎么写，只一听眼前就显出一个艳丽欲滴的可人来，所以古人喜欢用这个音作名字。西汉时，东方朔字曼倩、隽不疑字曼倩、江充字次倩，六朝时又有江蒨、徐君蒨等，听了真叫人觉得舒服。“茜草”后来替代了“茹藘”“茅搜”这两个名字，大概也是因其声律之美吧。

说来惭愧，我没有见过茜草，随姑丈徐先生抄方的时候，倒抄了不知多少通，于其性味功能配伍知之甚熟，只不晓得它长什么样，每每抄到“茜草”，总会想起徐灵胎《医必备药论》里的话，“古之医者，所用之药皆自备之”，“自宋以后，渐有写方不备药之医”，“乃行医者竟不知药，则药之是非真伪，全然不同，医者与药不相谋，方即不

明·文俶《金石昆虫草木状·茜根》

据《中华本草》所记载，茜草根味苦性寒凉，全草可入药，具有凉血止血、活血化瘀的功效

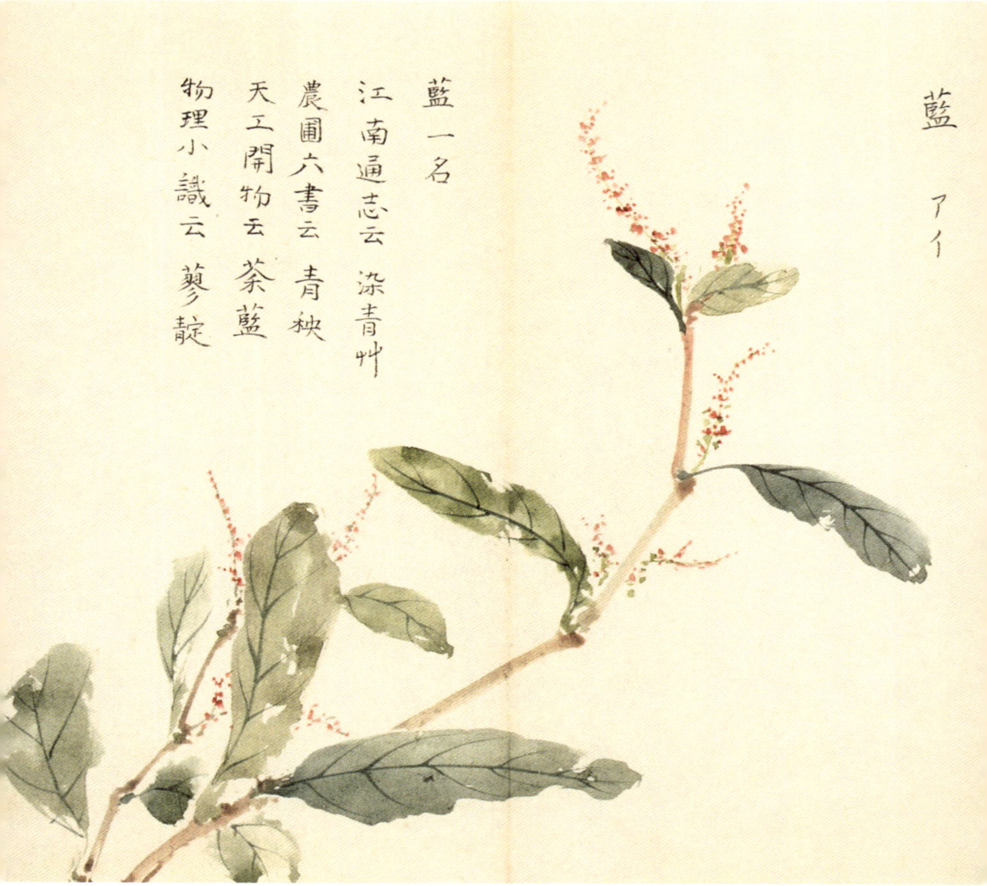

约日本江户时代嘉永元年（1848）·细井徇《诗经名物图解·蓝》

蓝，即蓝草，别名蓝靛，为含靛素染料植物之总称，主要品种有蓼蓝、松蓝、马蓝、茶蓝等，尤以蓼蓝所含靛素最为丰富，夏代已人工栽培蓼蓝，先秦时，受染料加工技术水平限制，只能采摘新鲜蓝叶在水中浸出靛素染液上染纤维，并在空气中经氧化还原为鲜艳的蓝色。秦汉后，靛蓝染料加工技术日益进步，已掌握将靛液脱水制成靛泥封缸保存的先进方法，可随时取用，染事生产便不再受季节限制

误，而药之误多矣”。这话叫人看了羞愧难当，汗涔涔下。

茜草，《诗经》里叫“茹藘”，《黄帝内经》则倒过来，叫“藘茹”，可见这是一个古之联绵词，顺倒都一样，犹如《诗经》里的“崔嵬”，《庄子》则作“畏隹”，一样的意思。《黄帝内经》之“十三方”有一“四乌贼骨一藘茹丸”，是妇科常用的方子，治疗冲任不调、崩中漏下诸症。乌贼骨现在写作“海螵蛸”，藘茹即“茜草”，行医者倘若好古，把茜草写成“藘茹”，行诸先秦两汉则可，如今的药店老板大概都不晓得了。凡事都须讲一个时，此一时彼一时也。

茜草在《诗经》时代最主要的用场是做染料。《说文解字》：“蒐，茅蒐，茹藘，人血所生，可以染绛，从草从鬼。”茜草可以做红色染料，所以亦名“染绯草”。先秦时代染料分为石染、草染，我们熟知的“丹青”即丹砂、空青，属石染。草染中常见的有染青的蓝草、染紫的茈草、染黑的草斗，茜草则是红色草染最重要的一种染料。《尔雅》里说的“蒤，虎杖”，也是红色草染，但不如茜草用得广泛，所以《周礼》“掌染草”之职下郑康成举染草的例子，第一便是茅蒐。《史记·货殖列传》说，“若千亩卮茜，千亩姜韭，此其人皆与千户侯等”。卮即栀子，是黄色草染的重要原料。那时候，栀子、茜草都是非常重要的经济作物，种上千亩卮、茜，不仅富足可匹敌千户侯，亦是看起来十分浪漫的一件事，真好。

茜草用于染红，“茜”也便成了红色的代名词，人人都晓得，不必说破。《卫风·硕人》里有千古名句“巧笑倩兮，美目盼兮”，这是我们熟悉的版本，但其中的“倩”字古代还有一个本子写作“蒨”，

“蒨”即“茜”，毛公说“倩”是“好口辅”，“口辅”即指面颊，大概是说美人笑时酒窝特别好看。我以为直接从“蒨”字立说亦无妨，美人微笑时脸部晕红，只想一想也觉得特别美。

《花间词·南歌子》“腻香红玉茜罗轻”，“茜罗”即乐府羽林郎里的“贻我青铜镜，结我红罗裾”的“红罗”。唐诗有“黄陵庙前莎草春，黄陵女儿茜裙新。轻舟短棹唱歌去，水远山长愁杀人”。水远山长，春草红裙，眼前明明是一幅亮丽图景，娇嫩欲滴，可怜愁眼看去不免惨淡无光，过去种种好，皆成今日愁，景物越见得鲜艳，越叫人惆怅无尽。哀莫大于心不死，水远山长，其人远甚，唐诗也好，《诗经》也罢，人当此际，大概总是一样的心思吧。

我的野蛮女友

郑风·溱洧（一章）

溱与洧[1]，方涣涣兮[2]。
士与女，方秉蕑兮[3]。
女曰："观乎？"士曰："既且[4]。"
且往观乎，洧之外，洵訏[5]且乐。
维[6]士与女，伊[7]其相谑，赠之以勺药。

---

1 溱（zhēn）洧（wěi）：溱、洧，郑国两条河流。
2 方：正；涣涣：河水解冻后丰沛的样子。
3 秉：执，拿；蕑（jiān）：一种兰草，又名大泽兰，与山兰有别。
4 既：已经；且（cú）：同"徂"，去，往。
5 洵（xún）訏（xū）：实在宽广。洵，诚然，确实；訏，大，广阔。
6 维：发语词。
7 伊：发语词。

古人说“郑声淫”，我以为爱情恰是郑国的宗教。郑国人生活得滋润，春秋佳日花前月下，喜欢去溱水、洧水约会。《褰裳》诗说“子惠思我，褰裳涉溱”“子惠思我，褰裳涉洧”，亦与《溱洧》一样，总使我想起二十世纪八十年代太阳落山后乡间的机耕路，没有汽车，只有爱情在步行，水杉树上的月亮，从《诗经》里斜照过来，很亮又很朦胧。

溱、洧是两条河，河水是有情意的，它是生命之源，远古时，人们便逐水而居，傍水而耕，没有水便没有生命，没有文明。中国古人很早就著有《水经》。《水经》记述，洧水东过郑县南，潧水从西北来注之。潧水，即溱水，“潧”“溱”一个前鼻音，一个后鼻音，南方人读来都一样，可见这是古已有之的事，《说文解字》引《诗经》即作“潧与洧，方涣涣兮”。潧（溱）、洧两水相交相融，诗人以此开头，分明是作男女邂逅、适我愿兮的比兴。它的反面，便是唐诗所吟咏的“淮淝两水不相通，隔岸临流望向东；千颗泪珠无寄处，一时弹与渡前风”“汴水流，泗水流，流到瓜洲古渡头，吴山点点愁”，无限伤悲。

《溱洧》所记这场男女之间的相遇，《韩诗章句》说是“三月上巳”，郑康成说是“仲春二月”，其实诗中没有说具体时日，总之是春日，蛰虫萌动，桃花水下一派天机流行，人世自要起一种春心荡漾。《周礼》说：“仲春之月，令会男女，于是时也，奔者不禁。”礼只是要遵天时，顺人情，所以《礼记》说：“礼，时为大。”吾乡北去二十里有含山，旧时每年春日有蚕花庙会，士女纷纭，闹忙异常。民间传说，这一日女子倘被男人摸了奶，便是蚕花兴发的吉兆。含山之南有古镇仙潭，镇有“摸奶弄”，桐乡则有“摸奶桥”，皆《周礼》之流风遗韵，百世不斩。礼失求诸野，《诗》失亦当求诸野。

春水方盛，士女秉蕳踏青，热热闹闹，大抵像现在的清明时节。蕳是什么？毛公说是兰，《韩诗》说是莲。再如《陈风·泽陂》“彼泽之陂，有蒲与蕳”，毛公亦释“蕳”为兰，郑康成则以为“蕳当作莲”。兰、莲非一物，但古音读法却一样，且听声音——“兰”“莲”，便叫人想起心意相连，想起“长裾连理带，广袖合欢襦”，想起“何以结中心，素缕连双针”。古风所谓“愿为双鸿鹄”“愿为双飞燕”，唐诗所谓“在地愿为连理枝”，皆此意也，亦即现在常喊的“在一起，在一起”。只此便是真实的人世春心，岁月静好动亦好。

“莲”又通“苓”。西汉枚乘《七发》云“蔓草芳苓”，李善注，“苓，古莲字”。《诗经》是个循环系统，这样一来，《溱洧》的“秉蕳”又可与《卷耳》呼应了。卷耳，苓耳也，苓耳谐音“连尔”，我要和你在一起，因此自然而然进入下一个环节——嗟我怀人。溱、洧相连，士、女秉蕳，亦正是一气直下，辞断意连。朱子何等眼力，一眼就见得《诗经》用心，说此是“赋而兴”。

“兰”“莲”谐音“连”。谐音通感《诗经》最善用，影响后世文学亦极深。《西洲曲》“开门郎不至，出门采红莲”，即取谐音通感，亦是赋而兴。《古绝句》“何用通音信，莲花玳瑁簪”中的“莲”之为言“连”也，与《有所思》“何用问遗君，双珠玳瑁簪”之中的“双珠”是一样的用意。《左传》说郑文公见燕姞，与之兰而御之，御即交媾，结合《郑风》的“秉蕳”，我估计，赠兰是郑国的风俗，隐喻男女媾精，盖取其谐音“连”也。

《韩诗》说的“莲”即现在的莲花，大家都识得，无须多说。毛公说的“兰”却非现在说的兰草。陆玑《毛诗草木疏》云：

> 蕳即兰，香草也，其茎叶似药草泽兰，但广而长节，节中赤，高四五尺。

这显然不是兰花，但宋元时人已经弄不灵清了，博学如黄庭坚亦误认“兰”为兰花，元人吴草庐专门写了《兰说》笑话他。李时珍一世弄药草，也为一个“兰”字花了大力气，考证说《诗经》《离骚》的“兰”是省头草，不是兰花。省头草也叫醒头草，别名孩儿菊、千金草，亦即医家常用的佩兰，有芳香化湿、健脾开胃之效。《黄帝内经·奇病论》“治之以兰，除陈气也”中的“兰”即佩兰、泽兰之属。《左传》有“兰有国香”之说，这个“兰”，亦是省头草，“国”则是“郁”的通假字，“兰有国香”即省头草芳香馥郁之意。

溱与洧，方涣涣兮。士与女，方秉蕳兮。

男女主角都出场了，接下来一段对话，非常有趣。

> 女问：去白相过了吗？
>
> 男答：老早去过了。
>
> 女说：再去白相白相嘛，洧水那边木老老好白相格，做人嘛，开心顶要紧啦！

《溱洧》写的是一对男女的一日情，倘若将它拍成一个微电影，不妨叫作《我的野蛮女友》。男子还很青涩，含苞待放；女子倒是花开十分，比《花间集·南乡子》里“暗里回眸深属意，遗双翠，骑象背人先过水”的那位岭南骑象女子还干脆。我读了，真替那个男子着急，恨不得自己跳进《诗经》里去，对她说：“正好，我正想去呢。”

爱情突如其来，来势汹汹，接下来的剧情会如何发展？诗人到此，不急不慢荡开一笔，写道：“维士与女，伊其相谑。”女追男，隔层纱，他们显然一起开心去了，结局圆满，叫人放心。《溱洧》的对面便是《将仲子》里的“无逾我里，无折我树杞。岂敢爱之，畏我父母”。女主人公面对试图逾墙来相会的鲁莽男友，畏于众口嚣嚣的舆论压力婉转相拒，“男追女，隔座山”，这便是一个好注脚。我喜欢《溱洧》的留白，不着一字，尽得风流，不仅诗中有画，诗中还有情，这正是《诗经》的高妙不可及处。

女人真是男人的大学，刚才还很青涩的男主角，一下就菡萏发荷花，与女子伊其相谑起来。到底发生了什么，反差会如此之大？郑康成经过脑补，说他们是“行夫妇之事”。

经学家有人情味，很好，剧情就应该是这样。难怪方玉润要说《溱洧》“在三百篇中别为一种，开后世冶游艳诗之祖”了。倘以《溱洧》笔法来改《水浒传》西门庆、潘金莲相好一段，只需写到“西门庆且不拾箸，便去那妇人绣花鞋儿上捏一把，那妇人便笑将起来”。好，就这样，下面的数百字可以省去，读者自行脑补可也。

说了这么多，再来说一说此诗最后的“赠之以勺药”，开心过后

明·文俶《金石昆虫草木状·蘼芜》

蘼芜，多年生草本，古书上指芎䓖（xiōng qióng）的苗，又名蕲茝、薇芜、江蓠、江离，叶似当归，香气似白芷，是一种香草，全株有浓烈香气，其茎高尺许，叶为羽状复叶，花白色，风干后可以做香料。古人相信蘼芜可使妇人多子

男主角送给女主角一把勺药。勺药亦作“芍药”，但与上面的“兰”一样，时过境迁，它不是我们现在通常说的“芍药”。毛公只说：“勺药，香草。”陆玑《毛诗草木疏》说：“今药草芍药无香气，非是也，未审今何草。”这说明东汉末年的人已经弄不清《诗经》里的“勺药”为何物了。

马瑞辰是学术上的诸葛亮，虽然后生两千年，却能晓得两千年前的事，这个本事不是靠掐指算命、听风望气，而是训诂考据。他说，《诗经》里的勺药大概是蘼芜之类，别名辛夷、留夷、挛夷。但要注意，这个“辛夷”是草本，不是木本的辛夷，木本的辛夷又叫木笔、迎春。我喜欢迎春花，好看，但它却不是《溱洧》里的“勺药”。

爱人相别，赠之以勺药，勺药原只是蘼芜草而已，只要有情有义，爱的礼物也可以价廉物美，真好！为什么离别要赠勺药？郑康成说：“其别，则送女以勺药，结恩情也。”马瑞辰《毛诗传笺通释》以为，郑康成之说本于《韩诗》，《韩诗》云：“勺药，离草也，言将别离赠此草也。”

离草也叫“江离”，这是《楚辞》里常见的香草。或以为“江离”谐音“将离”，其实未必然。古音“将”读如“臧”，“江”读如“工”，两字读音相差很远。古人临别赠以离草，大概是一个风俗，犹后世折柳相送，足见离草这种东西是极其常见的，随处可采，否则临别匆匆，哪有时间准备呢。分别时送离草，大概暗含着再见的期许。因为“离”有两个意思，两者正好相反：一是离别，此义现在常用；一是相会，如《易经·离卦》彖辞“离，丽也”，“丽”即附丽、相会之意。

郑康成说赠勺药是“结恩情”，孔颖达顺着他的思路再推进一层，“赠送之以勺药之草，结其恩情，以为信约”。这个解释属于声训，因为勺药的“勺”与“约”古音相通，属于谐音，隐喻“再见”，这与上面说的“离”一样。如此看来，《诗经》的“赠之以勺药”就像现在男女的互加微信，留了联系方式，方便以后约会。

《溱洧》的男主角刚出场时青涩懵懂，是一个男孩子，到了离别之际倒一下成了一个男人，主动赠以勺药，期待下次约会，不禁叫人想起《水浒传》里的一句话——“只要一似火盆常热便好”。

芽麦圆子的味道

魏风·汾沮洳

彼汾沮洳[1]，言采其莫，
彼其之子[2]，美无度[3]。
美无度，殊异乎公路[4]。

彼汾一方，言采其桑。
彼其之子，美如英。
美如英，殊异乎公行[5]。

---

1 汾：汾水，在今山西省中部地区，西南汇入黄河；沮（jù）洳（rù）：水边低湿的地方。
2 彼其之子：他那个人。
3 美无度：极言其美无比。度，限度，衡量。
4 公路：官名，掌管王公宾祀之车驾的官吏。路，通“辂”。
5 公行（háng）：官名，掌管王公兵车的官吏。

彼汾一曲[6]，言采其藚[7]。
彼其之子，美如玉。
美如玉，殊异乎公族[8]。

---

6 曲：河道弯曲之处。

7 藚（xù）：药用植物，即泽泻草，嫩时可食。

8 公族：掌管国君宗族事务的官吏，一说公侯家族的人，指贵族子弟。

唯食忘忧，从吃说起。江南清明吃的东西多，其中的芽麦圆子我最喜欢，小时候吃着好，如今再吃还是好。童年只知芽麦圆子，不知有《诗经》，大起来才晓得这个东西竟可以攀上《诗经》这门贵亲，不觉为之狂喜。

且说芽麦圆子，它亦叫芽麦塌饼、甜麦塌饼、甜塌饼等，起源甚早，是江南人清明时节的美食。据一千多年前的《荆楚岁时记》记载，江南人三月三日取鼠曲草，以蜜调和米粉做成饼饵，叫作“龙舌粄”。“粄”就是“饼”，一声之转。鼠曲草吾乡大麻叫“棉线头”。《荆楚岁时记》中的龙舌粄与现在清明节的芽麦圆子大致对应，可以说，芽麦圆子的雏形就是龙舌粄。如此说来，这芽麦圆子至少已有一千多年的历史了。

《荆楚岁时记》说，龙舌粄可以“压时气”。压时气也就是提高免疫力，避免传染瘟疫。按医书所言，鼠曲草有止咳化痰、祛风除湿之效。陈氏《经验方》有“三奇散”，用鼠曲草、款冬花、熟地黄三味，主治一切咳嗽，所谓“压时气”大概即此。不仅如此，鼠曲草还对高血压、胃溃疡等都有治疗功效。总之，古人为什么要在三月三日吃龙舌粄，并非随随便便的事。

鼠曲草也叫鼠耳草、佛耳草、香茅、毛耳朵、黄蒿、清明菜、鼠密艾、茸母、蜉蝣酒草，等等，名字多亦见得其分布广、用场大，江南一开春，于田野多见。宋徽宗于靖康二年（1127）北行途中作《清明客感》，诗云“茸母初生忍禁烟，无家对景倍凄然”，可见北地苦寒，鼠曲草发得晚一些。

明·文俶《金石昆虫草木状·鼠曲草》

三国时的《广雅》里，鼠曲草还有一个别名，叫“无心草”，“无心，鼠耳也”。“无”的中古音要读成“南无阿弥陀佛”的“无”，类似于“磨”音。因此我疑心，吾乡所谓“棉线头”大概就是“无心草”的转音。转音就是我乡下说的“叫别”，叫着叫着，变了音。所谓“东横头死只羊，传到西横头死个娘”，这句老古话最好做“转音”一词的注脚。

《诗经·魏风·汾沮洳》说：

> 彼汾沮洳，言采其莫。
>
> 彼其之子，美无度。

其中的“莫”是一种野草，历来说法很多，我喜欢明代朱郁仪《诗故》之说，他认为“莫”就是鼠曲草。照此说来，吾乡大麻人所说的“棉线头”看似寻常草木，《诗经》里居然也写到了。那时候的人采鼠曲草是不是做芽麦圆子吃，不可考。无论如何，朱郁仪的解释使我突然感到《诗经》原来就在身边。

《诗经》里的“莫”，据陆玑《毛诗草木疏》，还有一个通行的称呼叫“酸迷”，《本草拾遗》里叫“酸摸”。“酸迷”“酸摸”一声之转，湖南人叫鼠曲草为“鼠密艾”，“鼠密”亦正是“酸迷”的音转。据钱大昕和马瑞辰考证，酸迷、酸摸就是《尔雅》里的“蕵（音 sūn）芜”。酸、蕵，迷、摸、芜，这两组字，都是一声之转。这些名字用一个字表示，就是《诗经》中的“莫”。

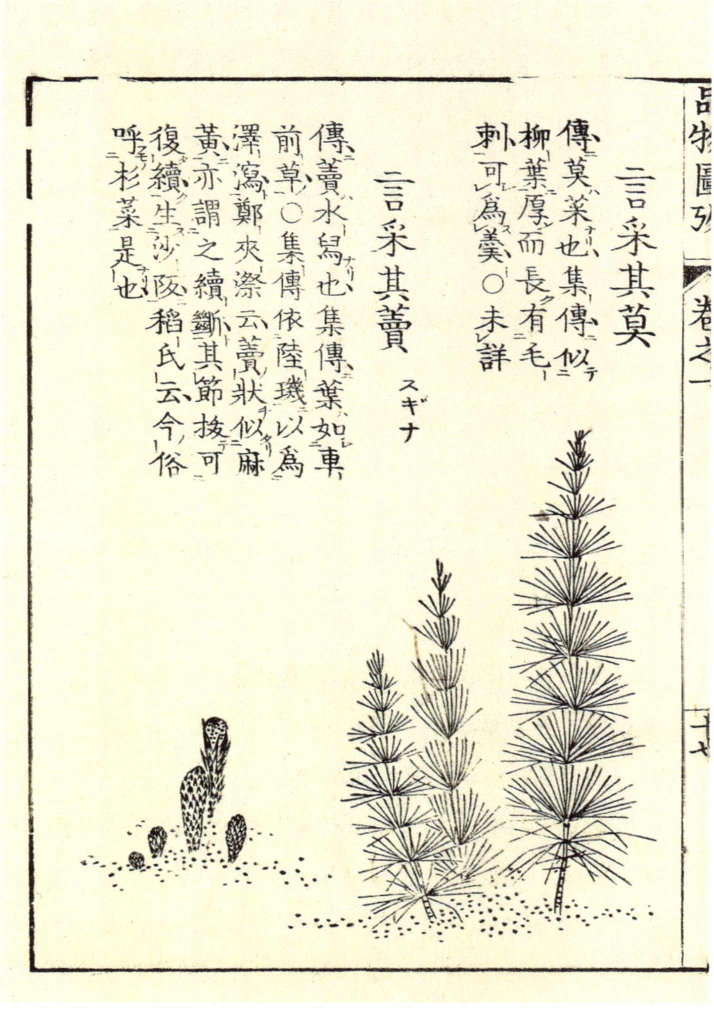

《毛诗品物图考·言采其莫、言采其藚》
日本天明五年（1785）刊本，冈元凤纂辑，橘国雄绘

按钱大昕和马瑞辰的意思，“言采其莫”的“莫”是薞芜。薞芜不是鼠曲草，朱郁仪却说是，从情感上说，我赞同朱郁仪，倘若以他的说法为宗主，再采一点钱、马两家的考证，融成一个解释体系，那么薞芜、酸迷、酸摸也就是吾乡大麻所说的“棉线头”了。

继续按照朱郁仪的思路，稍作补充。薞芜、酸迷、酸摸，倘若我们倒过来读，芜薞、迷酸、摸酸，正好对应《广雅》所言的“无心”，不可不谓之巧也。《诗经》时代，草木鸟兽的名字顺读、倒读意思一样，这种例子极其常见。比如《诗经》里的螽斯、斯螽就是一个东西。又如，《尔雅》“红，茏古”，“红”，其实就是“茏古”两字倒读的合音。再如《尔雅》里的“菥蓂”，《广雅》写作“马辛”，《本草》写作“蔑菥”，其实都是读音上的顺倒之别而已。

这样看来，《广雅》里的“无心草”其实就是《尔雅》里的“薞芜”了。当然，以上这些考证是由明人朱郁仪《诗故》的解释体系生发的演绎。

回头再说《荆楚岁时记》，鼠曲草做的饼，为什么叫“龙舌粄”？我疑心“龙舌”是鼠曲草的一个别名，只是后来不用了。但据《本草纲目》记载，龙舌草生在池塘湖泊中，开白花，则与“棉线头”并非一种，所谓“龙舌粄”，难道是取其形似龙舌？

问题还没有这么简单。

《太平广记》卷一〇七引唐代卢永的《金刚经报应记》，讲述了一则故事。说越人吴可久居于长安，信奉摩尼教，妻子王氏从之。不久，王氏暴死。又过三年，某日，王氏托梦给吴可久，说自己已化作了蛇被压在佛塔下面，明天就要死了，希望吴可久请位和尚来念《金刚经》，以图免除苦难。吴可久听了不但不信，反叱之，妻大怒，唾其面。吴可久从梦中惊醒，面孔肿痛难忍。其妻便又托梦给夫之兄长，说“园中取龙舌草，捣傅立愈”。兄长醒来，急忙去园中取来药草，捣烂后给弟弟敷到脸上，很快，吴可久的脸即消肿了。后兄弟二人皈依佛门，全家安康吉瑞。

鼠曲草可以治疗无名肿毒，正与这书里所言生长于园中的龙舌草对应。《金刚经报应记》中的龙舌草并非生长于水中，虽与《本草纲目》所记名字相同，却不是同一种草，我估计“龙舌草”恐怕就是鼠曲草的别名，龙舌粄的得名或因于此。

感谢朱郁仪。我读“彼汾沮洳，言采其莫”时总想起芽麦圆子的味道，于是，便期盼起来年的清明，人生总是充满希望。

之子于归

魏风·园有桃（一章）

园有桃，其实之殽[1]。
心之忧矣，我歌且谣[2]。
不知我者[3]，谓我士也骄。
彼人是哉[4]，子曰何其[5]？
心之忧矣，其谁知之。
其谁知之，盖[6]亦勿思。

---

1 殽：通“肴”，食也。
2 歌：有伴奏的歌唱；谣：无伴奏的歌唱。
3 不知我者：一本作“不我知者”。
4 彼人：那些人；是哉：如此。
5 子：你，即作者；何其：为什么。其，作语助词。
6 盖（hé）：通“盍”，何不。

明末清初·恽寿平《花卉册·桃花》（美国纳尔逊艺术博物馆藏）
桃树属蔷薇科植物，主要分果桃和花桃两大类。其叶椭圆状披针形，核果近球形，树态优美，枝干扶疏，花朵丰腴，色彩艳丽，为早春重要观花树种之一，是中国传统的园林花木。桃树枝、叶、果、根俱能入药，果实是著名的水果，可生食，桃核可以榨油，桃木细密坚硬，可供雕刻用，民间传说桃木有辟邪作用

桃花难画，因要画得它静，我乡下映山红花是樵夫担上带着有，菜花豆花是在坂里，人家却不种花……

我很喜欢胡兰成的《桃花》，像《诗经》一样，不着力。他写的，跟我的家乡一样。我小时候村子里有不少树，桃树是常见的。种桃树只是为了结果，不当它花看，结了桃子，自家栽的舍不得吃，去偷人家的，回来却发现，自家的桃子亦被偷了，这就是中国民间的能量守恒。我读《史记》里的“桃李不言，下自成蹊”，便觉得这里面有偷桃子的人。不重花而重果，乡间大抵如此，能不能当饭吃，才是乡里人最看重的。我小时看课外书，大人见了就说：“这种书，能当饭吃不成？”牡丹虽好，没有人种，种了也没人识得，桃树却是常见的，因为它会开花结果。

我喜欢看桃花，更喜欢采桃子吃。《魏风·园有桃》起首就写吃桃子，我以为接下来要兴起什么开心事，不料却是愁苦满纸。古人说唯食忘忧，食而不能忘忧，可见这愁是何等深重。所以，朱子说《园有桃》是“诗人忧其国小而无政”，说的是忧国之心，不是郑卫诗里的男女之情。

桃花常见，南北皆然，汉语词汇库里有关桃的典故不少，比如“桃园三结义”“二桃杀三士”。《礼记·月令》是一篇十分接地气的文章，用“桃始花”作为二月的一个物候特征。《盐铁论》又以桃子卜年，“桃李之实多者，来岁之穰”。因为桃树处处有之、人人识得，桃花发时灼灼其华，只觉眼前一亮，便是二月了。倘若写作“仲春之月，火棘始花”，火棘花虽亦开于二月，然而识得的人少，说了等于没说。

我有说字癖，然而“桃”字却无可说。“桃”在《说文解字》里是个形声字，“兆”表示声音。李时珍不以为然，说：“桃性早花，易植而子繁，故字从木、兆，十亿曰兆，言其多也。”

明朝人说文字，胡说八道是一种时髦，但这个解释倒算不得胡说。“兆”本义为龟壳经烧灼形成的裂痕，引申为多，所以又作了记数单位，表示十个亿。桃树多见，所以从“木”从“兆”，古人造字，理或然也。因此，《月令》写仲春的花只单举一个桃花，亦因多见故也。

仲春之月桃始花，二月春水也被称为“桃花水”。春气发动，有女怀春，适宜恋爱，所以《周礼·地官·媒氏》说：“仲春之月，令会男女，于是时也，奔者不禁。”“奔者”就是所谓“淫奔”，用现在的话说即实行自由恋爱。《周礼》是本讲道理的书，但是说到二月，也就是桃始花的这个时候，倒也宽容，不禁止自由恋爱。《诗经·郑风》里的《溱洧》写的就是“奔者不禁”的景象，东汉郑玄解释说：“重天时，权许之也。”二月阴阳相交，天时如此，人间春心萌动最是正常，让他们好好地爱吧！

桃花最知人意，唐玄宗所谓“不独萱草忘忧，此花亦能销恨”。我喜欢李太白《对酒》中的那句“桃李如旧识，倾花向我开”，我想着她，她便向你倾情开放了。桃花美而艳，象征春天，象征青春，象征美女，象征爱情，总之与衰老、丑恶无关。《诗经·周南·桃夭》，写一位女子出嫁，就用“桃之夭夭”做一兴发。用桃花做兴发，不必详述这个女子的外貌，就让人觉得这一定是一位美人，此正是诗人文

明·项圣谟《花卉图册·千叶桃花》（辽宁省博物馆藏）

笔高妙的地方。我们乡间有一种极暗淡而丑的花，乡人叫它“癞太婆花”，如果要写一个丑女，便可以用它来比兴。

《桃夭》写得极美：

> 桃之夭夭，灼灼其华。
> 之子于归，宜其室家。
>
> 桃之夭夭，有蕡其实。
> 之子于归，宜其家室。
>
> 桃之夭夭，其叶蓁蓁。
> 之子于归，宜其家人。

方玉润说《蒹葭》诗起首四句已是千古绝唱，我以为《桃夭》亦然，诗人一片仁心，总把最好的东西第一时间放给大家看，所以有时读诗，只读第一章即可。

“桃之夭夭，灼灼其华。”这“灼灼”二字下得真好，像是要从诗里跳出来一般。灼灼，即明亮的、盛烈的、炙热的，为亮人心眼之象，因从“火”，便给人以温度，觉得它不仅耀眼，而且有一种跳动感。桃花难画，因要画得它静；桃花难写，因要写得它动。汉字虽然规模庞大，写桃花，我却以为再怎么调兵遣将也比不过“灼灼”二字了。

明末清初·恽寿平《花卉册·桃花》（上海博物馆藏）

姚际恒说《桃夭》“开千古词赋咏美人之祖”，很对。后世写美人就省力多了，直接把美人比作桃花就是，“你像桃花一样美”。听者受用，说者省心。比男人为桃花亦无妨，如《太平预览》引《汉武帝内传》：“鲁女生，长乐人，初饵胡麻，乃永绝谷，八十余年，少壮色如桃花。”这个鲁女生是个男人，相传为东汉方士，是华佗的朋友。

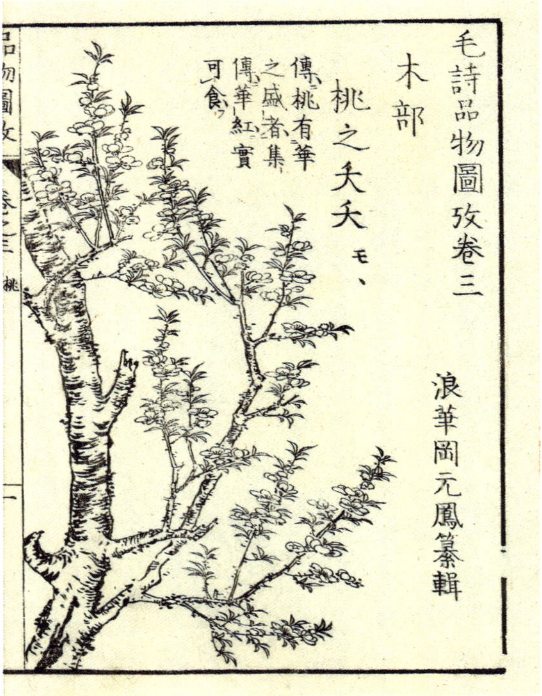

《毛诗品物图考·桃之夭夭》
日本天明五年（1785）刊本，冈元凤纂辑，橘国雄绘

用桃花比美人大概是《诗经》时代常用的修辞，不仅《桃夭》，还有《召南·何彼襛矣》：

何彼襛矣？华如桃李。
平王之孙，齐侯之子。

只说桃李，而自显其人之美艳华贵。曹子建《杂诗》“南国有佳人，荣华若桃李”、江总《梅花落》“桃李佳人欲相照，摘叶牵花来并笑”，皆出于此。

桃花是常见之物，常见的东西有时会让人觉得滥，桃花便也成了“浮花浪蕊”之一。汉代东方朔《七谏·初放》“斩伐橘柚兮，列树苦桃”里的“苦桃”便代指小人。后来刘禹锡的“玄都观里桃千树，尽是刘郎去后栽”也是这个意思。这与《诗经》已然不同了。

回头再说一下“桃之夭夭”。“桃之夭夭”后来演变成了一个成语“逃之夭夭”，桃、逃两字都从“兆”得声，所以可以通假。《左传·昭公四年》申丰回答季武子的话，有“其出之也，桃弧棘矢（按：意桃木制弓，棘枝为箭，古人以此辟邪），以除其灾”。孔颖达《正义》引服虔说：“桃，所以逃凶也。”正是“桃”“逃”谐音相通的一个例子。

桃为什么可以逃凶？这就得说一下中国早期信仰的一个大问题了。《十洲记》等古书云，东海之上有一座度索山，山上有一棵蟠桃树，盘旋数千里，人死了，魂魄就会到那里去。桃树上有两个神，一个叫神荼，一个叫郁垒，能御凶鬼。这个故事的来源想必很早，那个东海之上死者魂魄聚居之地便是人们心目中的阴曹地府。后来，这“阴曹地府”逐步西移，变成了泰山下的蒿里；佛教传入以后，再次西移，换至酆都；最后，演变成了不确定的西方极乐世界。

度索山是中国传统观念里的“阴间”，桃树上的神荼、郁垒是管理鬼的神，自然鬼便怕桃树了。鬼怕桃的记载不仅在小说里常见，而且经典中也是屡见不鲜。比如《周礼·夏官·戎右》“赞牛耳桃茢”，郑玄注:“桃，鬼所畏也。茢，扫帚，所以扫不祥。”《艺文类聚》引《庄子》佚文说:“插桃枝于户，连灰其下，童子入不畏，而鬼畏之。”

《淮南子》云:“后羿死于桃棒。”许慎注:“(桃棒)以击杀羿，由是以来，鬼畏桃也。”后羿死于桃棒之说未必可信，但由此可见鬼怕桃的传说来历一定甚早。《礼记·檀弓》:“君临臣丧，以巫、祝、桃、茢、执戈。”孔颖达说这句话里的“桃”是指桃棒。桃棒可以驱鬼、辟邪，后来慢慢神格化，演变成了钟馗。“钟馗”其实是“椎”的分音，我疑心，这个“椎”是由桃棒演化而来的。

我小时候出门去，尤其是走夜路，母亲都会摘几片桃叶放我袋里，起初不知何意，母亲亦不说，后来晓得原来桃叶可以驱鬼。吾乡风俗，清明、端午门枋上要插桃叶，大概亦是驱鬼辟邪之意。这是我自小习见的，不管它真假。我喜欢这样的风俗，不希望它消失，但是我更喜欢《诗经》里的“灼灼其华”，只读一读，阳光就像从桃花上生发出来，照到西山的午后，春风一曲，天地光明。

秋水伊人

秦风·蒹葭

蒹葭苍苍，白露为霜。
所谓伊人[1]，在水一方。
溯洄[2]从之，道阻且长。
溯游[3]从之，宛在水中央。

蒹葭凄凄[4]，白露未晞[5]。
所谓伊人，在水之湄[6]。
溯洄从之，道阻且跻[7]。
溯游从之，宛在水中坻[8]。

---

1 伊人：那个人，指所思慕的对象。
2 溯洄：逆流而上。
3 溯游：顺流而下。
4 凄凄：同“萋萋”，茂盛的样子。
5 晞（xī）：干。
6 湄（méi）：水和草交接的地方，也就是岸边。
7 跻（jī）：登，升高。
8 坻（chí）：水中的沙洲。

蒹葭采采，白露未已[9]。
所谓伊人，在水之涘[10]。
溯洄从之，道阻且右[11]。
溯游从之，宛在水中沚[12]。

9 已：止，干。
10 涘（sì）：水边。
11 右：弯曲，迂回，形容道路曲折迂回。
12 沚（zhǐ）：水中的沙洲。

秦风多兵气，此诗则翛然尘外，一出手即成千古绝唱，叫人渺然有天际真人之想。我读《蒹葭》，想起孔子见温伯雪子。孔子见之而不言，子路不解，孔子曰："若夫人者，目击而道存矣，亦不可以容声矣。"你见伊人，好到连开口说一个"好"字亦觉多余，原来人世邂逅，至好惟在相对时。

这里只说"蒹葭"。毛公说："蒹，薕；葭，芦也。"蒹、葭是两种植物。《说文解字》再作细说："蒹，萑（音 huán）之未秀者；葭，苇之未秀者。"换句话说，蒹是未长成的萑，葭是未长成的芦苇。当然，浑言可以不别。芦苇大家都熟悉，萑究竟是什么呢？郭璞《尔雅注》提供了一个蒹的别名，他说江东人叫蒹为"蒹薍（音 dí）"，"薍"即"荻"。《尔雅》中，"荻"是萧的别名，大概芦荻之"荻"本字为"薍"。郭璞一说，问题就清楚了，所谓蒹、葭，其实就是荻、芦。我每读至此，总会想起杜甫《秋兴》里的"请看石上藤萝月，已映洲前芦荻花"，"蒹葭"好听，"芦荻"亦好听。芦花，亦叫"艻"，通作"苕"。但苕字的本义并不是芦花，而是凌霄花，即《小雅》"苕之华，芸其黄矣"里的"苕"，"苕"借了"艻"的意思，艻字反倒退隐不用了。芦花我儿时村坊河滩边常见，最喜其清雅散淡，如唐代司空曙《江村即事》诗云"纵然一夜风吹去，只在芦花浅水边"是也。

蒹是荻，葭是芦，实为一类，只是大小有别。芦苇高大，所以古人称其为"苇"，"苇"之为言伟也，《诗经》常见，如《卫风・河广》"一苇杭之"、《大雅・行苇》"敦彼行苇"是也。荻细小，听这个字音就可想见其形。荻又叫"菼（音 tǎn）""薍（音 wàn）"，孔颖达《毛

约日本江户时代嘉永元年（1848）·细井徇《诗经名物图解·葭》
葭，初生的芦苇，蒹葭者，芦苇也。芦苇植株高大，开花季节特别漂亮，可供观赏，一般生长于池沼、河岸、河溪边多水地区，常形成苇塘，在我国广为分布

宋·黄居寀《芦雁图》
（台北故宫博物院藏）

诗正义》说："初生者为菼，长大为薍，成则名为萑"。三个阶段各自命名，"菼"是荻的少年，"薍"是荻的青壮年，"萑"是荻的老年，就像芦一样，初生为"葭"，长成为"苇"。格物如此之细，容易叫人不知所措，所以古人于此变通，大而化之，说一个"蒹"字可以泛指菼、薍、萑，说一个"葭"字亦可泛指芦苇。此诗的"蒹葭"就是芦荻，不必细分是初生还是长成。

芦、荻虽为两种，对言则别，浑言可通。如《卫风·硕人》“葭菼揭揭，庶姜孽孽”，葭、菼两字对言，所以毛公注解“葭，芦；菼，薍也”，葭是芦苇，菼是嫩荻。《王风·大车》“大车槛槛，毳衣如菼”，毛公说，“菼，鵻（音 zhuī）也，芦之初生者也。”，菼本是初生之荻，此处单独出现，毛公便将它解释为初生之芦。无论芦、荻，初生皆细小，“菼”之为言“剡”也，“剡”本义为锐利，引申则为细小。“菼，鵻也”，“鵻”之言椎、锥也，亦细小之称。

吾乡亦不细分芦、荻，颇合训诂之理，无论芦、荻皆以“芦”名。芦苇便叫“洋芦”，“洋”有大义，《卫风·硕人》“河水洋洋”，《毛传》云：“洋洋，盛大也。”荻便叫“荻芦”，荻芦吾乡采来做帘子。盖屋的时候将其衬在椽子上，上覆瓦片，可免漏水，叫作“芦帘”，这个“芦”就是荻。《南齐书》说“沈骥士，少好学，家贫织帘”，想来就是织芦帘。《大雅·韩奕》“其蔌维何，维笋及蒲”是说吃的东西，《说文解字》引作“惟苇及蒲”，“苇”当是芦笋，我们乡下种竹吃笋，但芦笋却不吃，只是用来做单方煎汤，治疗咳嗽。只怪我小时候身体太好，没机会吃芦笋汤，至今不知其味。

数数

秦风·晨风

鴥[1]彼晨风，郁彼北林。
未见君子，忧心钦钦[2]。
如何如何，忘我实多。

山有苞栎[3]，隰有六駮[4]。
未见君子，忧心靡乐[5]。
如何如何，忘我实多。

1 鴥（yù）：鸟疾飞的样子。
2 钦钦：忧思难忘的样子。朱熹《集传》云，“忧而不忘之貌”。
3 苞：丛生的样子；栎（lì）：树名。
4 駮（bó）：今作“驳”，木名，梓榆之属，因其树皮青白如驳而得名。
5 靡乐：不快乐。

山有苞棣[6]，隰有树檖[7]。
未见君子，忧心如醉。
如何如何，忘我实多。

---

6 棣（dì）：唐棣，也叫郁李，果实色红，如梨。
7 树：直立的样子；檖（suì）：豆梨，又名赤罗、山梨。

《晨风》在写什么？主要有两说，《诗序》以为是写秦康公忘穆公之业，弃其贤臣；而朱子《诗经集传》以为是表现女子思念丈夫。方玉润《诗经原始》大概觉得朱子说得对，但又打死不肯承认，于是干脆说“未详”，不知道《晨风》在讲什么，甚至还说此诗“无甚精义，置焉可也”。我不知他所谓的“精义”是什么，说什么“置焉可也”，与朱子闹意气，连带着把毛公也得罪了。

我喜欢《晨风》，喜欢就是喜欢，懒得跟方玉润置气。这里就说一说“山有苞栎，隰有六駮”。栎、乐两字谐音，駮字从“交”，古当与“交”谐音，駮亦通“驳（音 bó）”，驳从“爻（音 yáo）”，亦相交之象。女子睹物兴怀，“未见君子，忧心靡乐”，草木尚且名“乐”名“交”，没有对比就没有伤害，一见此物，更见得自家孤寂，这就是反兴。人世好风景都是伤心人看出来的，看来伤心人即慈悲人，除了自身，看什么都好。

“栎”即麻栎，吾乡叫“茅栎”。《晨风》说“山有苞栎”，苞、茂两字古音义可通，如《大雅·斯干》“如竹苞矣，如松茂矣”是也。所以我觉得吾乡所谓“茅栎”真要写出来，不妨写作《诗经》里的“苞栎”。据我父亲说，茅栎在老底子的坟墩窠里多见，有的坟干脆就叫“茅栎坟”，我乡下视它为无用之木。我小时茅栎坟不及见，唯南埭上有几株茅栎，硕大无朋，茅栎子扁圆，我们采了来，当中插一根火柴，在地上旋白相，茅栎旋动时特别快，看久了自己亦头晕起来。吾乡谓人动作敏捷、脑子活络为“麻利”，大概即是取茅栎旋动之象。

约日本江户时代嘉永元年（1848）·细井徇《诗经名物图解·栩》
栩，栎的别名，即麻栎，亦称橡树、青刚，为落叶乔木，木材坚硬，可制家具，亦可作建筑用材，其叶子为长椭圆形，可喂蚕，果实为球形坚果，树皮可鞣皮或做染料

“隰有六駮”的注解是个大问题。毛公说：“駮，如马，倨牙，食虎豹。”駮是一种野兽，这确实是“駮”字的本义。郑康成大概觉得此说不对，但不敢贸然否定，只说“山之栎，隰之駮，皆其所宜有也”。话语之间很能感觉他的无奈。毛公只解释了“駮”，那“六駮”是什么呢？王肃为毛公补充，说“六”是数量字，诗人据所见而言，看到了六只駮就说“六駮”。我听了王肃的话只觉得这个女子胆子真大，见了猛兽竟然还敢数一数，一、二、三、四、五、六。

陆玑《毛诗草木疏》不赞同駮是野兽，他说下章“山有苞棣，隰有树檖”都是植物相配，“六駮”不应解释为野兽。此说照顾文法，令人信服。其实，不特此也，扩大到整部《诗经》，凡言山有某、隰有某，或者阪有某、隰有某，均指植物，没有指动物的。举例如下，以见陆玑所说确凿可信。

> 山有榛，隰有苓。
>
> ——《邶风·简兮》

> 山有扶苏，隰有荷华；山有桥松，隰有游龙。
>
> ——《郑风·山有扶苏》

> 山有枢，隰有榆；山有栲，隰有杻；山有漆，隰有栗。
>
> ——《唐风·山有枢》

约日本江户时代嘉永元年（1848）·细井徇《诗经名物图解·榆》
榆，榆树，榆科榆属，为落叶乔木，其树皮深褐色，剥脱如鳞状，叶为椭圆形或倒卵形，缘边有重锯齿。榆树三、四月间开淡紫绿色花，果实扁圆，有膜质之翅。其木材坚实，可供制作器具或建筑用

阪有漆，隰有栗；阪有桑，隰有杨。

——《秦风·车邻》

山有蕨薇，隰有杞桋。

——《小雅·四月》

那么，六駮究竟是什么植物呢？陆玑《毛诗草木疏》说："駮马，梓榆也。其树皮青白駮荦，遥视似駮马。"駮马即毛色斑驳不纯的马，因为这种树的树皮青白斑驳，故以动物之名名之，叫它"駮马"，其实是植物，用一个字表示，就叫"駮"。此说为朱子《诗经集传》所采，《诗经集传》后来成为明清两代科考之书，考试出题皆以此为标准答案。清代陆以湉《冷庐杂识》讲了一个故事，说乾隆年间，李潢到嘉兴主持岁试，出《诗经》题"隰有六駮"，有一个秀才以《毛传》"駮，如马，倨牙，食虎豹"立说，可怜李潢只读过《诗经集传》，认为这是胡说八道，竟将他黜于下等。陆以湉很为那个秀才抱不平，倒不一定认为毛公说得对，只是感慨当时主试者的读书不广。

马瑞辰《毛诗传笺通释》赞同陆玑之说，但这个"六駮"的"六"字却是一个问题。所以，他引用了崔豹《古今注》中的"六駮山中有木，叶似豫章，皮多癣驳，名六駮木"，这样一来，所谓"六駮"乃是六駮山所产之树。但《古今注》之说不知所出，只是一个孤证，马瑞辰也不敢贸然肯定，故又引了钱大昕之说，说《尔雅》有"駮，赤李"之文，疑《晨风》"六駮"即赤李。这是列众说广异闻，可见马瑞辰自己也不敢确指。

六駮究竟是陆玑说的梓榆，还是《古今注》所说“叶似豫章”之树，抑或《尔雅》里的赤李，至今还是一笔糊涂账。区区之见，所谓“山有苞栎，隰有六駮”，“駮”字固是难题，但绝不会是野兽，这是可以《诗经》大数据系统判定的。“六”与“苞”相对成文，“苞”是茂盛之意，“六”恐怕亦是一个形容词，未必如王肃说的数量字。按“六”“蓼（音 lù）”古音通，“隰有六駮”似可理解为“隰有蓼駮”。“蓼”为高大茂密之意，如《小雅·蓼萧》“蓼彼萧斯”、《小雅·蓼莪》“蓼蓼者莪”皆为长大之辞。山有茂密的麻栎，隰有高大的駮树，对文说得通，当然这只是一个猜测。倘若脑洞再大开一点的话，“六”不排除是“大”的讹字，亦未可知。

有美一人

陈风·泽陂

彼泽之陂[1]，有蒲与荷。
有美一人，伤如之何。
寤寐无为[2]，涕泗滂沱[3]。

彼泽之陂，有蒲与蕳。
有美一人，硕大且卷[4]。
寤寐无为，中心悁悁[5]。

---

1 泽：池塘；陂（bēi）：堤岸。

2 无为：没有办法。一说无所作为，百无聊赖。

3 涕：眼泪；泗：鼻涕；滂沱：本意是形容雨下得很大，此处则形容痛哭流涕的样子。

4 卷（quán）：通“婘”，头发卷曲而美好的样子。《毛传》云，“卷，好貌”。朱熹《集传》云，“卷，鬓发之美也”。

5 悁悁（yuān yuān）：忧伤愁闷的样子。

彼泽之陂，有蒲菡萏[6]。

有美一人，硕大且俨。

寤寐无为，辗转伏枕。

6　菡萏（hàn dàn）：古人称未开的荷花为“菡萏”，后亦作为荷花、莲花的别称。

我小时候，看荷花是一件高贵洋派的事，要到杭州西湖才能见着。我乡下的彼泽之陂有蒲无荷，芋艿倒是多见，与荷生得相似，前几年有北方朋友来，惊道："江南的荷花如何生在地上？"我记不清第一次见着荷花是否也惊讶："杭州的芋艿怎么会开花？"这看来是笑话，但人世之好，总需相见时有一场虚惊，反见得这好是真的好，所以有"惊喜"一词，喜要从惊来。

我于世间花草不相亲，爱而不恋，记不住许多，唯独于荷花一见钟情，相看不厌，曹子建《芙蓉赋》所谓"览百卉之英茂，无斯华之独灵"，正合我意。郑康成说《陈风·泽陂》"荷以喻所说女之容体也"，这种感觉大概是人心所同，似荷之好，男子如何担当得起？冯梦龙《山歌》里有一首道：

> 姑嫂两个并肩行，
> 两朵鲜花罗里个强，
> 姑道露水里采花还是含蕊儿好，
> 嫂道池里荷花开个香。

"露水里采花还是含蕊儿好"，便似《泽陂》里的菡萏，绽放了就是"池里荷花开个香"，哪个好？我看来都好。

读《泽陂》，直觉是男女相思之辞，但《毛诗序》却说这是淫诗，淫在哪里？我看不出来。朱子《诗经集传》说："此诗之旨，与《月出》相类。"《月出》讲什么？朱子说："男女相悦而相念之辞。"说得

多好，朱子的了不起就是以男女还男女，以诗还诗。方玉润《诗经原始》说这诗是“伤所思之不见”，但他接着又说：“大抵臣不得于其君，子不得于其父，皆可藉此以抒怀。”不承认“有美一人”是所思的情人，故意与朱子立异，不仅画蛇添足，且煞风景。

“荷”这个字放在现在的诗歌里似乎并不需要注解，但是《诗经》的时代却不一样。毛公说：“荷，芙蕖也。”他在《郑风》“山有扶苏，隰有荷华”里又注道：“荷华，芙蕖也。”“荷”是芙蕖，“荷花”也是芙蕖，合而观之，则荷即荷花，也就是芙蕖了。

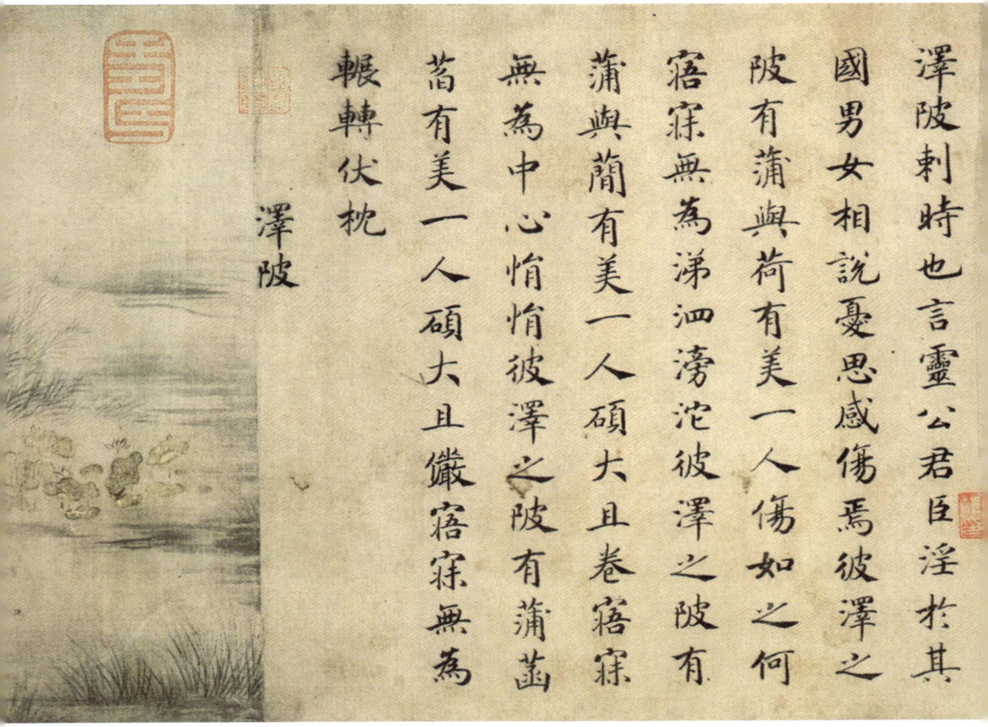

南宋・马和之《陈风图卷・泽陂》（英国伦敦大英博物馆藏）

但许慎《说文解字》却说："荷，芙蕖叶也。""荷"即荷叶，这是荷字的本义，周清真《苏幕遮》词云"水面清圆，一一风荷举"即用本义。为什么"荷"是荷叶的意思呢？这就要从"荷"的上古读音入手。"荷"字从"可"声，凡从"可"得声者，多有"大"义，如《说文解字》释"閜（音 xiǎ）"为"大开也"，释"阿"为"大陵也"。荷叶大，故谓之"荷"。我们不妨想象，先民乍见荷叶之时，心头一惊，怎么这么大！同时发出一声惊叹——"啊！"于是便将这种叶子命名为"啊"，因它是草本，就造了一个"荷"字出来，发音还是

约日本江户时代嘉永元年（1848）·细井徇《诗经名物图解·荷华》

荷花，又名莲花、芙蕖、水芙蓉等，为莲属多年生水生草本花卉。其地下茎长而肥厚，有长节，叶盾圆形。荷花花期为6月至9月，花单生于花梗顶端。其坚果椭圆形，种子卵形。荷花全身皆宝，藕和莲子能食用，莲子、根茎、藕节、荷叶、花及种子的胚芽等都可入药

“啊”。这就如“何”字，“何”本是背负重物的意思，人在负重的时候，发一声“啊”，力量就迸发出来了，这是生活常识，于是古人就把这种动作行为称为“啊”，因为是人负重，就造一个“何”字，声音符号还是“可”。“负何”现在写作“负荷”，“荷”是“何”的借字。我们现在看这些字，虽然时过境迁，似乎还能听到先民的那一声“啊”。

章太炎先生在《论语言文字之学》中说：“语言何自起乎？呼马而马，呼牛而牛，此非必恣意妄称也，一切言语皆有其根。”说的就是语言与文字的关系，文字之根在语言，语言即声音。

《说文解字》在解释“芋”字的时候就考虑到了语言文字之根，说“大叶实根，骇人，故谓之‘芋’”。徐锴进一步解释：“‘芋’犹言‘吁吁’，惊辞，故曰骇人。”此说极好，可以移用到荷字的名义上。芋、荷的叶子差不多，两字的古音也很相近。荷又称“芙蕖”，“蕖”又是芋的别名。《广雅》：“蕖，芋也。”“蕖”之为言巨也，无论荷叶、芋叶皆可以此名之。由此可见古人命名时候的庄严端正、不苟且。如此来看汉字，一笔一画真如水光山色与人亲，说不尽，无穷好！

毛公说“荷”即荷花，这是荷字的引申义。荷花分为两种，《经典释文》于《郑风》“山有扶苏，隰有荷华”下注解，“未开为菡萏，已发为芙蕖”，《说文解字》中“芙蕖”作“夫容（芙蓉）”。毛公说的“荷，芙蕖”是指已发的荷花，相对于未发的“菡萏”，它自有挺展阔大之义。李太白诗“鉴湖三百里，菡萏发荷花”，“菡”之为言含也，“萏”之为言臽、馅也，都表示含蓄在里，古音皆为 m 尾，广东

明末清初·恽寿平《花卉册·出水芙蓉》（台北故宫博物院藏）

话读这两个字，您只要看嘴型就可以想见其义。菡萏与荷花相对，一小一大。“荷”本指大叶，引申为已发之花。当然，菡萏亦可泛指荷花，毛公注“有蒲菡萏”就说“菡萏，荷华也”，《尔雅·释草》亦云：“荷，其华菡萏。”这就是训诂上说的“浑言不别”。

郑康成的说法与毛公、许慎都不一样，他注解“有蒲与荷”道：

“芙蕖之茎曰荷。”这样解释对不对？从训诂角度看，很对。

首先，“有蒲与荷”这句孔颖达《毛诗正义》引樊光《尔雅》注，作“有蒲与茄”，“茄”不是我们现在说的茄子，《说文解字》云“茄，芙蕖茎”，这是它的本义。郑康成说“荷”是芙蕖之茎，大概即是据此本立说。

其次，茄、荷两字古音同部，可以通假。马瑞辰《毛诗传笺通释》就说，“荷、茄古同音，荷之言茄也，‘茄’通作‘荷’，犹《尔雅》‘陵莫大于加陵’，即《春秋》成十七年之柯陵也”。我再补充一条，《说文解字》：“柯，斧柄也”。“柄”亦取义于茎，从艹从木之别而已。茄、荷、柯三字古皆同音，其义辗转相通，“荷”之为荷茎，犹“柯”之为斧柄，可见郑康成之说没毛病。只是诗人当时所见的“荷”，究竟是毛公说的荷花，还是郑康成说的荷茎，现场已不可复见，我们也就不必纠缠了。

综上可知，“荷叶”是“荷”的本义，“荷花”是“荷”的引申义，“荷茎”是“荷”的假借义。一个“荷”字，确实够复杂的，这就告诉我们，尽管荷花好看，但见了《诗经》里的“荷”，不可径直以为说的就是荷花。

倘若我们走出《诗经》去《尔雅》里看，情况就更复杂了，更见得荷在《诗经》时代的分量。

《尔雅》将荷一段一段分开来命名，这是其他草木望尘莫及的，古人说的仁民爱物、格物致知，用在荷上真真不是一句虚言。

《尔雅·释草》云：

荷，芙蕖；

其茎，茄；

其叶，蕸（音 xiá）；

其本，蔤（音 mì）；

其华，菡萏；

其实，莲；

其根，藕；

其中，的；

的中，薏。

《说文解字》说："荷，芙蕖叶。"这个"荷"是局域名，《尔雅》里的"荷"则是总名，又称"芙蕖"。郭璞注："荷，别名芙蓉。""芙蕖""芙蓉"都是荷的别名，古诗文里常见，现在则以"荷"字最为通行，不太会有人见了荷花说成芙蕖、芙蓉的，但是我们不妨晓得一下。

芙蕖、芙蓉究竟是什么意思？

芙蕖亦作"扶蕖""夫渠"。甫、夫两字古时音同，凡从"甫""夫"之字，多有铺展、阔大的意思，如榑桑（按：为传说中的神木，榑，音 fú）亦作"扶桑"，即大桑。

蕖，即叶，《尔雅》"荷，其叶蕸"的"蕸"，与"蕖"古音同，实即一字。因此，所谓"芙蕖"，说白了就是大叶的意思。可见，"荷"和"芙蕖"的本义都指荷叶，本是局部名，又用作通名。

清·唐艾、恽寿平绘
《红莲绿藻图》（故宫博物院藏）

芙蓉，亦作“夫容”，本义指花。《尔雅》里“蕍（音 yú）”“芛（音 wěi）”“葟”“华”“荣”这五个字都表示植物的花。“蕍”，郭璞注：“蕍，犹敷蕍，亦华之貌。”“敷蕍”“芙蓉”一声之转，前者泛指花开之貌，后者特指荷花，并慢慢变成了荷的别名。

再说“其茎，茄”。茄，古读如“加”，“茄”“茎”是双声旁转。我家乡把茎叫“梗”，读如“岗”，荷茎叫“荷花梗子”。“茎”之与“梗”，这是耕阳旁转。茄，对转为“竿”，竹挺也；为“秆”，禾茎也；为“稈”，麦茎也。与“茄”读音相近的字多有“茎”的意思，回头再看“荷，其茎，茄”，就比较容易理解了，这就是章太炎先生说的“一切言语皆有其根”。

接着往下，“其叶，蕸”。马瑞辰《毛诗传笺通释》考证，《小雅·隰桑》“遐不谓矣”即“胡不谓矣”，“遐”“胡”古音相同，可以通假。顺着马瑞辰的思路，“何”“胡”两字古音、义亦相通，如《诗经·式微》“式微式微，胡不归”，“胡不归”即“何不归”。因此，“蕸”“荷”两字可以看作一个字的两种写法。“蕸”，《说文解字》未收，其实就是“荷”字。《尔雅》里，“荷”作了通名，“蕸”便用作局名。

“其本，蔤”“其根，藕”，这两句最好连在一起看。蔤是荷茎下端在泥中的部分，但不是藕，蔤下面才是藕，可见古人的细致，一点也不马虎。“藕”谐音“配偶”的“偶”，表示成双成对。冯梦龙采集编撰的《山歌》里有一则《私情》，其中唱道：“吃娘打子哭哀哀，咦见情郎踱搭来，黄丝草无根天养活，荷花荡里藕船来。”既是赋，又是比，民歌正得《诗经》的精神。

明·文俶《金石昆虫草木状·藕实》

唐云《花果小品册·莲蓬》

再看“其实，莲”；“其中，的”；“的中，薏”。

“莲”即莲房，今通称“莲蓬”，《泽陂》“彼泽之陂，有蒲与蕳”，郑康成说“蕳”是“莲”的通假字，说它是“芙蕖实也”，用的便是《尔雅》。“莲”本是一个局名，郭璞说北方人把荷叫作“莲”，这就成了一个通名，后世亦常用。周敦颐《爱莲说》里的“莲”就不是莲蓬。杨万里诗“接天莲叶无穷碧，映日荷花别样红”，倘若改作“接天荷叶无穷碧，映日莲花别样红”，意思还是一样，莲、荷可以通称。

莲蓬中的莲子叫“的”。的，言其白也，亦写作“菂”。见过莲蓬的人都晓得，莲子一颗颗都同居在一个蓬里，但又彼此隔开，所以《古诗十九首》里有诗以物比人，写得真是绝了：

涉江采芙蓉，兰泽多芳草。
采之欲遗谁，所思在远道。
还顾望旧乡，长路漫浩浩。
同心而离居，忧伤以终老。

“同心而离居”即以莲子比兴，用得浑然天成，叫人粗粗读来觉不出此中之妙，反复思味，原来如此之好，不愧是妙手偶得之！

莲子是古典诗词里常用的意象。一因“莲子”与“怜子”谐音，“怜子”即“爱你”；二因莲、连两字同音，“连子”，即现在说的“跟你在一起”。因此，古代的爱情诗里莲子俯拾皆是，这里不妨举《乐府诗集·清商曲辞》里的两首诗，以见一斑。

朝登凉台上，夕宿兰池里。

乘月采芙蓉，夜夜得莲子。

——《子夜四时歌·夏歌》二十首其八

欢欲见莲时，移湖安屋里。

芙蓉绕床生，眠卧抱莲子。

——《杨叛儿》

莲子的心叫“薏”，“薏”省作“意”，如欧阳修《南乡子》词“意在莲心无问处”；亦作“臆”，如苏东坡《席上代人赠别》“莲子擘开须见臆”。薏是苦味的，陆玑《毛诗草木疏》引古谚语“苦如薏”，因此，古典诗词里常用莲子作苦的比兴。清黄仲则《秋夕》诗云：

心如莲子常含苦，愁似春蚕未断丝。

判逐幽兰共颓化，此生无分了相思。

叫人凄然无聊。“心如莲子常含苦”即以莲心比人心，《西洲曲》云“置莲怀袖中，莲心彻底红”，而此中之苦正是彻底之苦。我们读《诗经》，读到“有美一人，伤如之何；寤寐无为，涕泗滂沱”，让人无限感动，亦只是同她大哭一场，哭完就好，不伤元气，孔子说“哀而不伤”，这就是《诗经》。

《诗经》里的红玫瑰

豳风[1]·七月（二章）

七月流火，九月授衣。
春日载阳[2]，有鸣仓庚[3]。
女执懿[4]筐，遵彼微行[5]，爰求柔桑[6]。
春日迟迟[7]，采蘩祁祁[8]。
女心伤悲，殆及[9]公子同归。

---

1 豳（bīn）风：豳，古邑名，在今陕西旬邑、彬县一带。
2 载阳：天气开始转暖。
3 仓庚：鸟名，即黄莺。
4 懿（yì）：深。
5 微行：小径，小路。
6 爰（yuán）：于是；柔桑：初生的桑叶。
7 迟迟：舒缓的样子，指白日长。
8 蘩（fán）：即白蒿。古人用于祭祀，女子在嫁前有“教成之祭”；祁祁：众多（指采蘩者）。
9 殆：怕，只怕；及：与。

南宋·马和之《豳风图卷·七月》（故宫博物院藏）

《诗经》里的采桑是一种浪漫主义。我尤爱《七月》的这一段，叫人想起《陌上桑》里的罗敷，“青丝为笼系，桂枝为笼钩；头上倭堕髻，耳中明月珠”，觉得与《七月》里的那个女子仿佛是同一个人。

《诗经》是一个循环系统，内里自有一种神奇的呼应，我读“女执懿筐，遵彼微行，爰求柔桑”三句，便想起《卷耳》里的“采采卷耳，不盈顷筐。嗟我怀人，置彼周行”。一个采桑叶，一个采卷耳；懿筐与顷筐相对，一深一浅；微行是小径，周行则是大道。又如《七月》（三章）“猗彼女桑”，这个“猗”字，戴东原解释为茂盛，其实就是《卫风·淇奥》里“绿竹猗猗”的“猗猗”。《隰桑》“隰桑有阿”的“阿”亦然，“猗”“阿”皆从“可”声。以《诗》证《诗》，不言而喻，不知这是不是孔夫子选诗时的有意安排。

陶渊明的基因里有桑树，读他的诗，“鸡鸣桑树巅”“桑麻日已长”“但愿桑麻成”…… 桑树长在诗里，大概因他是柴桑县柴桑里人。我从小生长于乡间，《七月》写的田畈生活我做过不少。小时家里养蚕，去家一里有几分桑地，闲常辰光帮忙去采桑，不情不愿，尤其怕桑树上的毛虫，一碰到就惹毛虫花，手上起疹痒得要命。《豳风·东山》诗说“蜎蜎者蠋（按：蜎，音 yuān ；蜎蜎，形容虫子爬行时屈曲蠕动的样子；蠋，音 zhú ），烝在桑野”，郭璞说蠋大如指头，像蚕，正是我小时所怕的东西，可见古代的经师是懂田园生活的，古之学者六艺，今之学者一艺，只剩了读书，格局就小了。《论语》说读《诗》可以“多识于鸟兽草木之名”，所以要与自然亲近，我小时候便是在乡间认识自然。

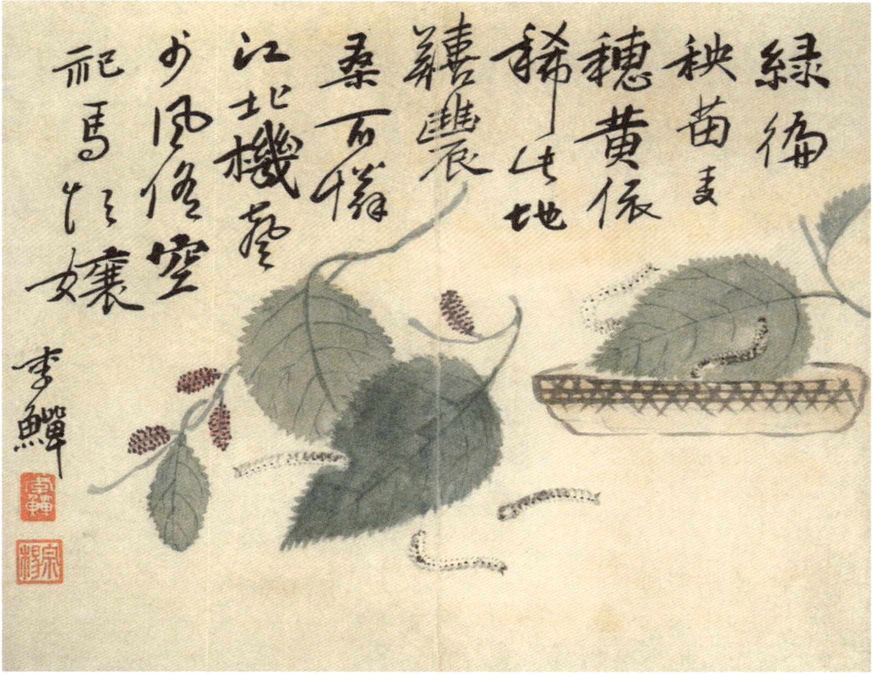

清·李鱓《蚕桑》（美国纽约大都会博物馆藏）

我怕毛虫，但却喜欢采桑葚。桑葚，《诗经》里有三种写法：桑葚、桑椹、桑黮。葚、椹，从“草”、从“木”，差不多，草木同气；“黮”字从“黑”，言其色也，桑葚熟透了是紫黑色，所以吾乡也叫它“乌都”，倒与“黮”字对应。我疑心“乌都”的“都”即是“葚”的音转，“葚”古音读如“耽”，音转成了“都”，再加一个“乌”字表其色。其实“葚”字就有紫黑的意思在，叫成“乌都”是民间社会自创的复合词，亦是语言学的常见现象。

约日本江户时代嘉永元年（1848）·细井徇《诗经名物图解·桑》
桑，别名桑树、家桑，古人所谓桑，有时亦指蒙桑、山桑等野生种类。桑树为桑科桑属落叶乔木或灌木，有的植株高达十米，桑叶为桑蚕饲料，叶片卵形；花小而分雌雄，雄花聚为穗状，雌花聚为小球状；果实聚为椭球形，成熟时红色或暗紫色。桑树木材可制器具，枝条可编箩筐，桑皮可作造纸原料，桑葚可供食用、酿酒，其叶、果、根、皮均可入药

《诗经·卫风·氓》“于嗟鸠兮，无食桑葚”，为什么叫鸠别吃桑葚？毛公说“食桑葚过，则醉而伤其性”，主在一个“过”字。桑葚好吃，但过头了就不好，凡事皆然，过犹不及。我小时候，走出门去，桑树遍地，桑果子熟了采了吃，吃多了出鼻血，昏昏沉沉，这大概就是毛公说的意思。其实，桑葚滋阴养血，与枸杞子有些相似，俗谓“君行千里，莫食枸杞”，怕就怕“伤其性”，移以说桑葚亦无不可。所以，《诗经》以“于嗟鸠兮，无食桑葚”兴“于嗟女兮，无与士耽”之慨，“耽”即是过分要好的意思，男女之间远近得中，才是情之正，方能长久。

我小时候采桑葚只是为了吃，图个开心。然农人的采桑劳作则是辛苦的，是生活，更是一种修为。《魏风》里有一首采桑诗，“十亩之间兮，桑者闲闲兮”，这一种闲闲自得的气象我父母倒是有的，人与桑树存了一个互敬的心思，采下来的桑叶便没有一点火气，蚕就养得好，人世万事都需要如此相敬。

《毛诗序》云：“《七月》，陈王业也。”这话犹如禅宗的话头，极要命，使人半夜惊醒。我小时在田地做活，只听大人说“读书用心，大起来做街上人去”，未听得说田畈生活就是王业的。

孟子讲王道，原亦只从桑树开说。见梁惠王，曰：“五亩之宅，树之以桑，五十者可以衣帛矣。”见齐宣王，亦复如是。原来圣贤之心直与《七月》息息相通，乃知《诗序》说的是对的，大道理就是这样得浅近，叫人觉得一个人在田畈里做生活，亦关系着家国天下。

桑树种在哪里好？孟子有规划。《孟子·尽心上》云：“五亩之宅，树墙下以桑。”这倒与《郑风·将仲子》“无踰我墙，无折我树桑”相

清·冷枚《耕织图册·采桑》（台北故宫博物院藏）

合，大概只是巧合，不过我们乡下桑树种在墙脚边的倒是多见。毛公释《七月》“遵彼微行，爰求柔桑”里的“微行”是“墙下径”，其实“微行”只是小路，毛公非要说成墙边路，大概是受了孟子的影响。清代的马瑞辰是街上人，田畈里去得少，他见孟子、毛公都这样说，干脆总结道：“古者桑树于墙。”照他的意思，似乎桑树就只能种在墙边，然而《诗经》有“烝在桑野”“降观于桑”“说于桑田”“阪有桑”“南山有桑”之类的句子，桑不见得都在墙边，但我喜欢马瑞辰的可爱，读来开心。

一部《诗经》，芣苢、卷耳只一见，桑树却常见，“风”“雅”“颂”里都有一片桑树林。我乡下桑树分两种：田畈里成片种的，矮小，就叫“桑树”，或者叫“家桑树”，最常见；另有一种，高大，我家乡塘南人叫它“火桑”，也叫“野桑树”，塘北人则叫它“府桑”，这就如塘北人叫老虎为“老府”一样。“火桑”我疑心是“扶桑”的转音，古之遗语也，“扶桑”即大桑。《三国志》说刘备家“东南角篱上有桑树，生高五丈余，遥望见童童如小车盖”，这样大的火桑我从没有见过，所以是异象，“往来者皆怪此树非凡，或谓当出贵人”，蜀汉的王气要从这里出来。又如庞统见司马徽，司马徽采桑于树上，统坐在树下共语累日，这样的火桑树我小时候乡间亦多见。火桑高大，但生出来的果子反而比家桑小一些，味道却很甜。

《诗经》中，无论“交交黄鸟，止于桑”，抑或“南山有桑，北山有杨”，只说一个“桑”字，便指高大的桑树。《大雅·桑柔》所谓“菀彼桑柔，其下侯旬”，人可在桑荫休憩，足见其高大。赵宣子在首山打猎，累了就在桑树下吃夜饭乘凉。这种桑树《左传》称为“翳桑”，翳，谓其荫翳可以乘凉；《公羊》则称之为“暴桑”，盖亦“扶桑”之转音；而在《诗经》里，只一个字——“桑”。

矮小的桑树，《诗经》称为“柔桑”“女桑”，“女桑”这个叫法，听着好，我见犹怜。“女”是小的意思，对转则为“葕（音 niàng）”。扬雄《方言》说，“苏、芥，草也”，“沅湘之间或谓之萶（音 xiá），其小者谓之葕葇”。“葕”与“娘”同音，《玉篇》说“娘，少女之称”，引申为小。我乡下叫小孩子为“囡囡”，其实也是“女”的转音，这个“女”与性别无关，“女桑”不是雌桑，是小桑。矮小的墙则叫“女墙”，刘禹锡诗“淮水东边旧时月，夜深还过女墙来”，多美。《易经》的《大过》卦里说“老夫得其女妻，无不利”，这个“女妻”就是少妻，与“老夫”相对，用现在的话说，便是“老牛吃嫩草”，么么哒！

女桑、柔桑，女执懿筐便可采取；高大的，《七月》所谓“蚕月条桑，取彼斧斨，以伐远扬”，便需要男子用斧头砍了桑条下来，再采其叶，好一个男女搭配干活不累的场景，读来叫人心生欢喜。

我们乡下的桑树矮小，又多毛虫，不是约会的好地方，《诗经》里的桑树高大为多，男女约会热衷去桑林里。

有如《小雅·隰桑》：

隰桑有阿，其叶有沃。
既见君子，云何不乐。

叫人想见明月如昼，照见扶桑下情话绵绵一对玉人儿。

又如《魏风·十亩之间》：

> 十亩之间兮，桑者闲闲兮，行与子还兮。
> 十亩之外兮，桑者泄泄兮，行与子逝兮。

合朱子、马瑞辰、方玉润三家之说，则这首诗所写乃是与所爱之人去茂密的桑林约会一辈子！

我尤喜欢《鄘风·桑中》一气呵成的气势。

> 爰采唐矣，沬之乡矣。
> 云谁之思？美孟姜矣。
> 期我乎桑中，要我乎上宫，
> 送我乎淇之上矣。

桑中，是一个地名，也称“桑间”。《周礼·大司徒》：“设其社稷之壝（按：音 wéi，指祭坛四周的矮墙）而树之田主，各以其野之所宜木，遂以名其社与其野。”可见古人有以树名地的习惯，桑中、桑间，当是因此地桑树繁密得名，就如吾乡地名多有“杨树下”“柏树下”“大树下”“香柚兜”之属，皆因树起。桑中是卫国特别出名的地方，《礼记·乐记》说“桑间濮上之音，亡国之音也”，可见桑中是当时最著名的流行音乐制作集散中心。《汉书·地理志下》也有“卫地有桑间濮上之阻，男女亦亟聚会，声色生焉，故俗称郑卫之音”的记载，看来桑中还是当时男女约会的浪漫之都。

桑树是《诗经》里的玫瑰，叫人想起美貌，想起爱情，想起约会，想起别离。《卫风·氓》，写一个女子邂逅一渣男，被他骗了去，三年之痒就被抛弃了。诗人写这个过程，起笔声色飞扬，说“桑之未落，其叶沃若”，在写桑树，亦在写那个女子。沃若，就是沃沃。沃沃，也即“桃之夭夭”的“夭夭”。完全不用写这个女子的容貌，我们读这两个字，就能想象得出她年轻时是一个绝世美人。但是好景不常在，诗人笔锋一转，“桑之落矣，其黄而陨”，完了，不用多说，读的人都懂了。

我如今到田间去，见了桑树在阳光下闪闪发光，便想起“其叶沃若”，觉得这个词下得绝妙，诗人一出手，便省却后人多少苦心形容，只需用现成的就好。

《诗经》里的素食谱

豳风·七月（六章）

六月食郁及薁[1]，七月亨葵及菽[2]。
八月剥[3]枣，十月获稻。
为此春酒[4]，以介眉寿[5]。
七月食瓜，八月断壶[6]，九月叔苴[7]。
采荼薪樗[8]，食我农夫。

---

1 郁：植物名，唐棣之类，树高五六尺，果实像李子，赤色；薁（yù）：植物名，果实大如桂圆，一说为野葡萄。

2 菽（shū）：豆的总名。

3 剥（pū）：打。

4 春酒：冬天酿酒经春始成，叫作“春酒”。枣和稻都是酿酒的原料。

5 介：祈求；眉寿：长寿，人老眉间有豪毛，叫秀眉，所以长寿亦称“眉寿”。

6 壶：葫芦。

7 叔：拾；苴：秋麻之籽，可以吃。

8 薪樗（chū）：言采樗木为薪。

约日本江户时代嘉永元年（1848）·细井徇《诗经名物图解·枣》
枣，别名枣子、大枣、红枣、贯枣，味甜且富含维生素，具有滋阴补阳的功效，为滋补佳品，民间素有“日食三枣，长生不老”之说

夏季水果

《水浒传》开口美酒牛肉，是好汉流浪路上的快意豪情。《七月》第六章则是一本家常食谱，万般美好全化在家常里，叫人不觉其好才是真好。人世草木，天下承平，本该是如此一副家常的样子：家常的草木，家常的生死，家常的人，家常的天地。草木只是恰当时令地生，人亦只是恰当时令地吃。《汉书》载太官园种大棚蔬菜，召信臣说“不时之物，有伤于人”，这个“时”是《易经》“天下随时，随之义大矣哉”的时，所以《七月》一诗，人事只系于草木虫鱼上，草木虫鱼只系于天时上，这便是《诗经》里隐藏着的一部《易经》。四时不言，自然而然，山高水远情意绵绵，只是这样安耽地过家常日子。

方玉润说“八月剥枣”四句“造语华贵”，原来华贵只是人与草木的诚实不欺，我相信你，你相信我。诗虽只作家常语，却难读，只一句“八月剥枣”，就曾被王安石弄出笑话来。剥枣的“剥”，毛公注“击也”，本字为“攴”，读作“扑”音，杜甫《又呈吴郎》就说“堂前扑枣任西邻”，可见从《诗经》时代到唐朝这一劳作方式没有变。我小时候用竹竿打枣子，就是《诗经》里的“剥”、杜诗里的“扑”。王安石却说：“剥者，剥其皮而进之，所以养老也。”看了叫人发笑，世间哪有吃枣剥皮的？老人牙口再不好，枣子剥了皮一样硬，吃不得。所幸王安石有一个乡下朋友，有一次，访友不值，老友的儿子说家父“扑枣”去了，王安石听得，方知自己注错了。洪迈将这个故事写在《容斋续笔》的“注书难”里，可见一味创新是可笑的。

八月剥枣，诂训明白，其实算不得“注书难”。回头再说“六月食郁及薁”，才是真的难。

毛公说，“郁，棣属”；“薁，蘡薁也”。“郁”“薁”两字读音相近，这两个东西胡承珙《毛诗后笺》云，“说《诗》者言之多不能了”。这个问题堪称《诗经》里的一个迷宫，足以把人绕晕。

孔颖达《正义》引刘桢《毛诗义问》说郁树“高五六尺，其实大如李，正赤，食之甜”。郁树果实似李子，故习称“郁李”。毛公说郁是棣属，既云“属”，则古时当先有“郁棣”之称。司马相如《上林赋》里的“隐夫郁棣”与其上下文的杨梅、樱桃、葡萄、荔枝并列，“郁棣”明显是一个固定词汇，单言之就是《诗经》里的“郁”。裴骃《史记集解》将郁、棣分开解释是不恰当的。吴其濬《植物名实图考》载，北方土话叫棠棣为“棠李子”，以此类推，“郁李”应该是“郁棣”的俗称。

郁李的别名很多，《广雅》里又叫薁李、车下李、雀李、雀梅、棣等，但孔颖达《正义》引《晋宫阁铭》分车下李、薁李为两种。我估计车下李、薁李极相像，浑言可以不别，《晋宫阁铭》是皇家账簿，自比外面分得细一些。

郁是棣属，唐棣是棣的“代言人”，所以唐棣可以一个“棣”字表示。《秦风·晨风》云“山有苞棣”，毛公注：“棣，唐棣也。”单举一个“棣”字，就是唐棣。古人对唐棣特别看重，汉官有栘（音yí）中监，“栘”即唐棣，陆玑《毛诗草木疏》也说唐棣“今官园种之”。

约日本江户时代嘉永元年（1848）·细井徇《诗经名物图解·郁》
郁，即郁李，别名英梅、白棣，古代又称“唐棣”，为蔷薇科落叶小灌木，春季开花，花为淡红色，所结果实为小球形，呈暗红色。其木材可制器具，树皮、种仁、树根均可入药

郁虽是棣的一种，却不能单言为“棣”，只能说“郁”或“郁棣”，这就像梅花说一个“梅”即可，但杨梅、雀梅、棚梅、甜梅之类却不能单说“梅”。由此可见唐棣、郁棣虽属同类，细分起来自有不同处。陆玑《毛诗草木疏》云：“唐棣，薁李也，六月中成实，大如李子，可食。”所述大体与《毛诗义问》相符，但说唐棣即薁李（郁李），大概也只是笼统的说法，这就是古人说的“浑言不别”，浑言就是笼统地说。

“唐棣即郁李”，此说始于陆玑，《尔雅》《诗经》的传、笺都没有这样说的。《诗经》有句“何彼襛矣，唐棣之华”，又有“常棣之华，鄂不韡韡（按：韡，音 wěi，光明美丽的样子）”，常棣，亦作“棠棣”。“唐棣”“常棣”古音相同，但《尔雅》却分列两条，“常棣，棣；唐棣，栘”，以示它们是两种东西。郭璞注解说，唐棣，“似白杨”；常棣，“子如樱桃，可食”。照郭璞的意思，《尔雅》所云之“常棣”就是陆玑说的“唐棣，薁李也”，然《尔雅》说的“唐棣”却是“似白杨”一类的树。是不是绕晕了？

自郭璞之说一出，后世学者围绕它打了一千多年口水仗。段玉裁注《说文解字》，截断众流，盖棺定论，认为唐棣、常棣其实是同一种树，不过唐棣花白、常棣花赤之别而已，总之“皆今郁李之类”。此说清通简要，以为信然。《尔雅》有杜、棠，亦以结子赤白分，其实亦为一种，只是古人分得细，一种树花开颜色不同，就要造两个字出来。我乡下宽大为怀，蔷薇丛发，有的开白花，有的开红花，统称之为“蔷薇”。

约日本江户时代嘉永元年（1848）·细井徇《诗经名物图解·唐棣》
唐棣，别名栘、栘杨、高飞、红栒子等，为落叶小乔木，生于海拔一千至两千米的山坡、灌丛，果实甜而多浆，可生食，或酿酒、制果酱。其花朵白而芬芳，花开时茂密馥郁，可植作观赏花木。唐棣树皮可入药（即栘木皮），祛脚气疼痹

比“郁”问题更大的是“薁”。郁、薁两字读音相近，所以“郁李”也写作“薁李”，《史记》作“郁棣”，《汉书》作“薁棣”。我们确定了“郁”是郁李，则“六月食郁及薁”的“薁”当然不会是郁李了，否则诗人也不必啰唆，“六月吃郁李和郁李”，这不合逻辑。

薁，《说文解字》引《诗经》写作“藿（音 yù）”。《尔雅》说藿是山韭，既以“韭”名，当为韭属，似不必一定要系于六月的食谱。我的看法，“藿”“薁”声相近，“藿”当是“薁”的借字，《三家诗》虽与《毛诗》用字有别，其义则同，一用借字、一读本字而已。

毛公说：“薁，蘡薁也。”蘡薁，许慎《说文解字》作“婴薁”，字异音同，显是采毛公之说。蘡薁究竟是什么呢？毛公时代大家都晓得，所以不必多讲，但是后来人不晓得了，问题便越弄越复杂，世间名物热热闹闹，一旦起变，正如人散后一钩新月天如水。

《齐民要术》引陆玑之说：“樱（蘡）薁，实大如龙眼，黑色，今车鞅藤实是。”这是一种说法。孔颖达《正义》：“薁蘡者，亦是郁类而小别耳，车下李即郁，薁李即薁，二者相类而同时熟。”他的意思，蘡薁、郁李是同类，这又是一说。朱子《诗经集传》只照录毛公的解释，只当没听见陆玑、孔颖达说话，这是朱子的聪明，不强不知以为知，实在亦是没有办法的办法。

陆玑生活的时代远早于孔颖达，去古未远，所以他的说法更受重视。苏恭《唐本草》、苏颂《本草图经》都说“蘡薁”是葡萄之属，李时珍《本草纲目》承用之，这是药学家的一路，他们倒颇有团队精神，异口同声。

约日本江户时代嘉永元年（1848）· 细井徇《诗经名物图解 · 薁》

薁，即蘡薁，葡萄科葡萄属落叶藤本植物，枝条细长有棱角，叶掌状，有三到五个深裂，缘有钝锯齿，下面密生灰白色绵毛，果实黑紫色，可酿酒，亦可入药作滋补品，其茎的纤维可做绳索

考据家的阵营却乱了。郝懿行《诗说》赞同孔颖达的说法，认为“葡萄非可六月食者”，但清代的其他考据家却大多站在了药学家一边。段玉裁就明确赞同《晋宫阁铭》“车下李、薁李，皆非毛、许之蘡薁也”之说。王念孙《广雅疏证》据陆玑的描述，结合其他文献论证，说蘡薁是葡萄之属。

吴其濬《植物名实图考》熔裁诸家，不说废话，一锤定音——“蘡薁”即野葡萄。“六月食郁及薁”，六月里来吃郁李子和野葡萄。争论到此暂时告一段落，以后还会不会争，谁也不晓得了。

豆豆

六月过去，七月流火，天凉一些了，烹葵及菽。

菽的本字为“尗（音 shū）”。《说文解字》：“尗，豆也。”“尗”字加一只手，便是“叔”，捡拾的意思，下文“九月叔苴”，这个“叔”用的便是本义“拾”也。

“尗”是一个象形字，变象形为形声，就是“菽”。“菽”作通名用是豆类的总称，《大雅·生民》“艺之荏菽，荏菽旆旆（音 pèi pèi，生长茂盛的样子）”，“荏菽”即戎菽，亦即大豆；“菽”作局名用专指大豆，《说文解字》“荅，小尗也”可证。

《小雅·采菽》诗云：“采菽采菽，筐之筥之。”郑康成注：“菽，大豆也。”《七月》“亨葵及菽”的“菽”，毛公、郑康成都不注，当是泛指豆类。

约日本江户时代嘉永元年（1848）·细井徇《诗经名物图解·荏菽》
荏菽，即大豆，是我国重要粮食作物之一，已有五千多年的栽培历史，其种子含有丰富的植物蛋白质。大豆最常用来做各种豆制品、榨取豆油、酿造酱油和提取蛋白质

清·石涛《豆角》（天津艺术博物院藏）

“豆”本义是盛放食物的器具，象形字，《大雅·生民》“卬盛于豆”（按：卬音 áng，这里为人称代词“我”），这个豆就是食器，用其本义。在古音里，“菽”“豆”读音相近，所以借“豆”为“菽”，约定俗成，豆的本义后来反而不通行了。所以《说文解字》说“尗，豆也”，“豆，古食肉器也”。这两个解释不在一个共同时空，要分别观之，“尗”不是食肉器，而是我们常说的豆。

《诗经》时代的百菜之王

再说葵。《诗经》里的“葵”不是现在的向日葵，向日葵属菊科，是明末的舶来品，《诗经》里的葵属锦葵科。

《尔雅翼》云：“葵为百菜之主，味尤甘滑。”前一句点明身价，葵是菜王，有王者气象，所以吴其濬《植物名实图考·蔬类》第一便列冬葵，阮元《葵考》亦开篇即云“葵为百菜之主，古人恒食之”；后一句道其品性，葵菜性滑，鲍照《园葵赋》所谓“柔滑芬芳”是也，所以俗称其为“滑菜”。

《尔雅·释草》里，蔠菜，别名“菟葵”；啮菜，别名“苦堇”。郭璞注苦堇：“今堇葵也。”菟葵、堇葵吃起来柔滑，因此都蒙以“葵”名。莼菜吃起来滑溜，也被叫作“凫葵”“水葵”。现在常吃的木耳菜，滑利如葵，盖亦古之葵属。由此可见，葵菜最大的特征就是滑。葵、滑两字在古时的发音极相近，所以葵菜俗称“滑菜”，虽取其性滑利，却也不能排除“葵”“滑”古音相近这个因素。

约日本江户时代嘉永元年（1848）· 细井徇《诗经名物图解 · 葵》

葵，即冬葵，别名葵菜、露葵、马蹄菜等。《素问》言“五谷为养，五菜为充”，古时，韭、薤、葵、葱、藿列为五菜，葵的嫩叶为当时的主要蔬菜。其种子、根、嫩苗及叶皆可入药，茎皮纤维坚韧，可代麻用。

葵菜是《诗经》时代一直到六朝的名菜，就如现在的青菜，人人都晓得，所以《尔雅》没有将其列入，正如阮元在《葵考》里所说，“《尔雅》于恒食之菜不释其名，为其人人皆知也”。葵菜是易生之物，乐府《十五从军征》就有“中庭生旅谷，井上生旅葵；舂谷持作饭，采葵持作羹”之句，旅葵是野生的，不种自生，《齐民要术》亦有《种葵》专章，可见当时其种植之广。

然唐宋以后情况大变，葵菜种植渐少，吃的人也少了，李时珍《本草纲目》干脆就说“今人不复食之”。他在《本草纲目》中将葵列于“草部”，而不列入“菜部”，这是与时俱进，但也因此被吴其濬痛骂，此为后话。

阮元《研经室三集》卷五有《葵考》一文，光看题目就晓得《诗经》里的“葵”到了清代已经成了一个学术难题。阮元《葵考》云：“唐、宋以后食者渐少，今人直不食此菜，亦无知此菜者矣。”这话与李时珍说得差不多，既然如此，那么《七月》里的“葵”究竟是什么呢？

阮元《葵考》分析了向日葵和蜀葵，认为其叶粗涩不滑，直接排除出局，然后抛出结论——金钱紫花葵及秋葵叶可食，而“惟金钱紫花葵尤肥厚而滑，乃为古之正葵”。孙诒让《周礼正义》则用金鹗之说，说秋葵才是古之正葵。当然，这个“秋葵”不是我们现在饭店里常吃的秋葵，现在的秋葵是近几十年前的舶来品，但其性柔滑，用“葵”来命名正合《诗经》《尔雅》以来的传统，我吃着可以想见古之正葵的味道来。

宋·《蜀葵图》
（台北故宫博物院藏）

宋·李大忠（传）《秋葵图》
（台北故宫博物院藏）

吴其濬是吃植物饭的人，既有体验，又能考据，其说最可信。他的《植物名实图考·蔬类》第一就列冬葵，拨乱反正，以见其为百菜之主的传统地位。冬葵即冬寒菜，吴其濬经过考察，说“江西、湖南皆种之”，“李时珍谓今人不复食之，殊误”。说完，意犹未尽，继续痛批李时珍，可谓一泻千里：

> 以一人所未知而曰今人皆不知，以一人所未食而曰今人皆不食，抑何果于自信耶？……《本草》之注，昔人所慎，一语之误，乃至死生，然则任天下事，以己所不知，而谓今人皆不知；己所不能，而谓今人皆不能，其关于天下之人生死又何如耶？

从一株葵菜一层层牵扯到天下人的生死，直把李时珍骂了个狗血喷头，这样的狠话在吴其濬的《植物名实图考》里并不多见，足见葵菜在《诗经》时代的分量。

我读这一段，只觉吴其濬真正要骂的人应该是阮元，不方便骂，只好骂李时珍。你看，“以一人所未知而曰今人皆不知，以一人所未食而曰今人皆不食”云云，不就是炮轰阮元《葵考》里的“今人直不食此菜，亦无知此菜者矣”吗？但是骂归骂，吴其濬还是把《葵考》附录在他的《植物名实图考》“冬葵”条后，大概是让人觉得他只是在骂李时珍，好叫阮粉们放心。

宋・钱选《秋瓜图》局部（台北故宫博物院藏）

吃瓜

七月除了“亨葵及菽”，还有下文的“七月食瓜”。“七月食瓜，八月断壶”，不与上面的“七月亨葵及菽”“八月剥枣”放在一起写，大概是为了换韵，不得已而为之，却使人觉得特别自然。

瓜，《说文解字》云“蓏（音 luǒ）也”，又说：“在木曰果，在地曰蓏。”瓜、果都是植物的果实，形状相像，古人在命名的时候特为造了两个读音相近的字，见得它们本是近邻，浑言可以不别。李时珍《本草纲目》里蓏类便列于“果部”，吴其濬《植物名实图考》的“果类”，凡西瓜、番瓜、哈密瓜之类都收录了进去，这与宋代唐慎微《证类本草》已有不同。俞曲园《俞楼杂纂》说，《诗经》“投我以木瓜”的木瓜即是“木生之瓜”。如此，则在木亦可称蓏，不必一定要称果。

其实，“瓜”“果”在上古都是复辅音，一字两音，“瓜”的发音为“瓜蓏”，“果”亦然，读成“果蠃（音 luǒ）”，与“瓜蓏”声相近。这种现象章太炎先生《国故论衡》上卷《一字重音说》已有阐发，是一种卓见。

“瓜”读“瓜蓏”，“果”读“果蠃”，类似相近的发音，亦表示着器物具有圆形或椭圆形的特征。《尔雅·释草》云“果蠃之实，栝楼”，“果蠃”“栝楼”都表示圆形果实。昆虫里有一种细腰蜂，两头为椭圆形，古人叫它“蜾蠃（音 luǒ）”，也是这个道理。此即训诂学讲的“义存乎音”，反过来也就有了“因声求义”的可能。

明·文俶《金石昆虫草木状·葫芦》
古时匏、瓠、壶三名曰物，通指葫芦，于我国大部分地区均有栽培，其果实和嫩叶可作菜蔬食用，果实成熟后中空，外壳坚硬、木质化，经煮晒处理，可用于制作酒器等多种生活用具及玩具、小工艺品等

《豳风·东山》“有敦（音 tuán）瓜苦，烝在栗薪”，这说的大概是苦瓜，现在的人也常吃。“有敦”即敦敦（团团），毛公说，“敦，犹专专也”，郑玄《毛诗笺》“专专如瓜之系缀焉”，表聚集貌。“专专”就是团团的意思，“团团”即圆。

“七月食瓜，八月断壶。”“壶”即瓠（音 hù），通称葫芦。这两句初看似不难理解，七月吃瓜，八月吃葫芦。但郑康成的解释却不然，他说这是“瓜瓠之畜”，“畜”即蓄，“瓜瓠之蓄”即摘取瓜瓠做成腌制品，作为三冬菜蔬贫乏之时的预备，并非新鲜的采来就吃。

腌瓜在《诗经》里又见于《小雅·信南山》，“中田有庐，疆埸（音 yì，疆、埸皆田界之名）有瓜。是剥是菹，献之皇祖”。菹就是腌制品，因此，照郑康成的解释，“七月食瓜，八月断壶”并不能简单理解为直接采了吃，重在腌制以御冬。

郑康成是东汉时的经学大师，他的解释不是信口开河，而是基于一种通盘考虑，这既与《邶风·谷风》“我有旨蓄，亦以御冬”对应，又与《礼记·月令》所云仲秋之月“务畜菜，多积聚”相合。秋天腌瓜菜正是《诗经》时代的家常生活，所以郝懿行说“看得《七月》诗，通篇只是一个‘豫’字”。“豫”就是预备，未雨绸缪，这也是那个时代没办法的办法，只是习惯使然，未必是一种远见。

我小时的村坊上，酱瓜要到小店里买，做腌菜还常见，尚是《诗经》里的景象。新鲜菜有新鲜菜的味道，腌菜有腌菜的味道，亦不觉得苦恼。哪家采了新鲜菜不知道腌制一些，全部吃光，便会被乡人笑话“叫花子不留隔夜饭”。如今条件好了，一年四季不愁没吃的，读

明·文俶《金石昆虫草木状·苦瓠》
苦瓠为一年生草本植物，茎蔓生，互生，夏秋开白花，果实呈梨形的葫芦叫瓢葫芦，又称匏瓜。果实成熟后，果壳对半剖开，掏去果瓤即成为瓢

了“七月食瓜，八月断壶”，再看郑康成的解释，大概会笑话他，“七月食瓜”，食就是吃，怎么能解释成腌呢？此一时彼一时。我以为，新鲜瓜瓠采了，少部分吃，大部分腌制，大概这才是郑康成的意思。

当然，对郑康成的说法不满意的人多得是。关于“八月断壶”，郝懿行《诗说》录他夫人王照圆之说：“八月断壶，非供食也，瓠八月味苦不任食，断者，为壶任用耳，故瓠作壶。”她的意思，诗人为什么把瓠写作“壶”，是因为采了瓠为做壶用，而不是为了吃。《诗经》的现场无从复现，也许王照圆说的对，这也是一种可能。“壶”是“瓠”的假借字，这是一个通识。瓠有甜瓠、苦瓠两种，甜瓠可吃，苦瓠则用于制器。

《诗经》时代，人们不仅吃葫芦，还吃葫芦叶。《小雅·瓠叶》诗云“幡幡瓠叶，采之亨之”，这自然是甜瓠；《邶风》里的“匏（音páo）有苦叶”则说的是苦瓠，匏即瓠。

说《诗经》的瓠自然绕不开“齿如瓠犀”，这一句大家都熟悉，但“瓠犀”究竟是什么意思呢？这是《诗经》训诂学上的大问题。毛公释“瓠犀”为“瓠瓣”。《说文解字》：“瓣，瓜中实也。”“瓠瓣”即葫芦籽。葫芦籽白而整齐，所以《诗经》形容美女“齿如瓠犀”，叫人觉得真切。问题是，“犀”为什么可以解释为葫芦籽呢？章太炎先生《小学答问》说：“犀借为仁。”他的意思，“犀”是“仁”的通假字，“仁”是桃仁、杏仁的“仁”，所谓“瓠犀”就是瓠仁，亦即葫芦籽。

但通假字主在同音、近音，“仁”“犀”两字读音不相近，何以能通假？章太炎先生考证说，《说文解字》中“遲（迟）”字从“犀”得声，迟字还有一个或体“迡”，从“𡰥”得声，“𡰥”即古文“仁”字。合而观之，“犀”“仁”两字的古音是相同或相近的，“齿如瓠犀”古人其实是读作“齿如瓠仁”的，一听就知道是葫芦籽。

我们乡下种的葫芦有两种，圆的叫“药瓢葫芦”，种得少；长的叫“活芦”，农家都种。“活芦”正是“葫芦”的转音。“瓠”古有入声一读，正如吾乡“活”的发音，所谓“活芦”，正当作“瓠芦”。

葫芦，《唐本草注》里叫“瓠子”，今北方依然称之“瓠子”，江南各地的叫法则很多，有叫蒲子的，有叫地蒲、蒲瓜的，也有叫长柄葫芦的。“长柄葫芦”状其条形，以与圆葫芦区别。瓠、蒲两字，则为同部声转。

王安石的笑话

八月除了“断壶”，还有“剥枣”。中国现存最早的农事历书《夏小正》中也有八月剥瓜、剥枣之说。这两个剥字，读音、意思并不一样，前者是削的意思，读作“剥削”的“剥”；后者是击打，读“扑”音。王安石喜欢倒扳桨，把两个“剥”扳成了一样的音义，扳出了一个千古笑话。

我小时村坊上枣树多，大的叫冬瓜枣，其他一概叫枣子，冬瓜枣大概就是《尔雅》里的壶枣。《尔雅·释木》列了十一种枣子，郭璞有几种不识得，我则大部分不识得。元人柳贯作《打枣谱》，列了七十三种枣子，看得人眼花缭乱。其中，盐官枣出自浙江海盐，海盐

南宋·《扑枣图》（台北故宫博物院藏）

离吾乡近，叫人觉得亲切。不过《打枣谱》虽然罗列细致，可惜还是漏了一种“千乘无核枣”，此枣见于《至元嘉禾志》，产地在崇德县（今浙江桐乡）钱林村，离吾乡更近了。

我在北方见过一种酸枣树，矮小，就是《诗经·陈风·墓门》里“墓门有棘”的棘。“枣”“棘”有时也可通用，《诗经·魏风·园有桃》中“园有棘”的“棘”，毛公就解释为枣。酸枣仁可入药，《金匮要略》有酸枣仁汤，用酸枣仁、知母、白茯苓、川芎、甘草，治疗虚烦失眠，至今还是一个常用方子。

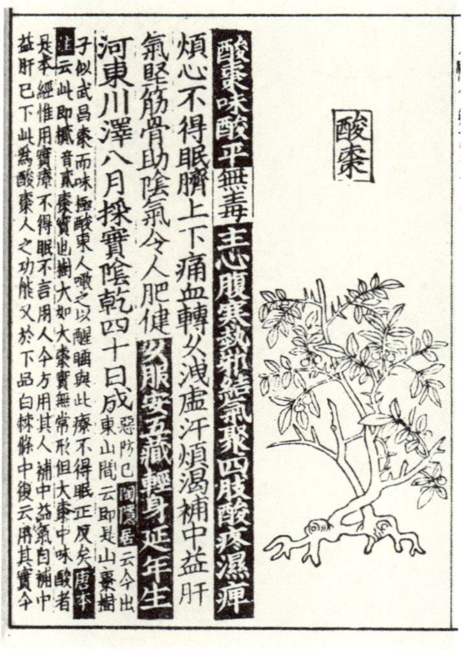
酸棗

酸棗味酸平無毒主心腹寒熱邪結氣聚四肢酸疼濕痺煩心不得眠臍上下痛血轉久泄虛汗煩渴補中益肝氣堅筋骨助陰氣令人肥健久服安五藏輕身延年生河東川澤八月採實陰乾四十日成惡防已陶隱居云今出東山間云即是山棗樹子似武昌棗而味極酸東人噉之以醒睡與此療不得眠正反矣唐本注云此即樲音貳棗實也樹大如大棗實無常形但大棗中味酸者是本經惟用實療不得眠不言用人今方用其人補中益氣自補中益肝已下此為酸棗人之功能又於下品白棘條中復云用其實今

《重修政和经史证类备用本草·酸枣》
宋唐慎微撰，蒙古海迷失后元年（1249）张存惠晦明轩刻本

吾乡没有低矮的酸枣树，枣树都生得高大，所以采枣子要爬树。乐府诗有“枣欲初赤时，人从四边来”，古人也尽有性急的，正是我小时的样子。真到了八月，成熟的时候，树上的枣子早已其实三兮，所剩无几了。潘安仁《笙赋》“枣下纂纂，朱实离离”，红枣子铺天盖地挂满了枝头，真不像是一个真实的人世。

每到枣子成熟的时候，吾乡小孩子最喜好发台风，台风一发，枣子就噼里啪啦落下来，可以捡来吃。颇有几颗落在茅坑边的，便成了吾乡的一句老古话——“茅坑板上的枣子”，这比曹操的“鸡肋”说得更好。台风吹不下来的枣子，到了深秋就用竹竿打，这一打，便是《诗经》里的“八月剥枣”。

衣食父母

枣子打完，进入九月。“九月叔苴”，“叔”是采取，“苴”是大麻籽。大麻籽当主食吃，这是真的吗？麻籽当主食，《周礼》《礼记》确有记载，吴其濬《植物名实图考》也说“盖麻子不以入食，始于近代”，可见历史上曾将大麻作为主要食物来源之一。如今，大麻籽早已退出了主食的范畴，然大麻仁却是中医常用的药物，《金匮要略》有麻仁丸，即用大麻仁为君，配以芍药、大黄、枳实、厚朴、杏仁，治疗肠燥便秘，现在药店里就有卖。大麻仁是润燥滑肠的东西，再看“六月食郁”“七月亨葵”，郁李仁、冬葵子都是滑利之品，我颇佩服《诗经》时代的先民，居然常吃这些东西，肠胃之好，真叫人惊讶。

大麻籽，《说文解字》作“萉（音 fèi）”，或作黂（音 fén），《尔雅·释草》云，“黂，枲（音 xǐ）实”。“枲”是麻类的通名，又专指雄性的麻，不结籽，也叫牡麻，结籽的就是苴麻。麻的种类不少，《说文解字》还专门有一个“麻部”。

《卫风·硕人》“衣锦褧（音 jiǒng）衣”，这个褧衣就是苘麻制成的罩衫，苘麻亦作“檾麻”，是麻的一种。《陈风·东门之池》“东门之池，可以沤纻（音 zhù）”，纻即纻麻，通作苎麻。德清有苎溪漾，

明·文俶《金石昆虫草木状·麻蕡麻子》

南宋·马和之《陈风图卷·东门之池》（英国伦敦大英博物馆藏）

在吾乡北面三十里，风景宜人，《太平寰宇记》引《山墟名》“苎溪以贡苎名”，可见这一带很早便以种植苎麻出名了。

我小时候乡间广植络麻，绿油油一片很好看，叫人想起苏东坡的词句“麻叶层层苘叶光，谁家煮茧一村香”。风景是其次的，老百姓看重的还是它剥了皮可以卖铜钿、麻秆可以当柴烧，只是不吃它的籽。络麻古称“都洛麻”“多罗麻”“洛麻”。《后汉书》载公孙述称帝于蜀，马援去拜访他，公孙述命人为马援制都布单衣。吴其濬说，都布即络布，就是络麻制的布。我读书至此，为之狂喜，小时候剥络麻的苦一点也不觉得了。

《诗经》时代，麻的分量极重，种植广泛，其在《诗经》中也是屡见不鲜。《王风·丘中有麻》有“丘中有麻，彼留子嗟”;《齐风·南山》有“蓺麻如之何，衡从其亩”;《大雅·生民》有“麻麦幪幪”。麻籽用来吃，便是《豳风》里的“九月叔苴”；麻皮用来做衣服，便是《陈风》中的“东门之池，可以沤麻”。《陈风·东门之枌》写一女子“不绩其麻，市也婆娑”，只晓得吃白饭，被作者批评了一顿。

麻之为物，其利甚广，管着古人的衣食两端。

食的方面，麻与稷、黍、麦、菽并重，称为“五谷”，我小时听到“五谷丰登”，从来想不到麻籽，如今觉得颇对它不住。李时珍《本草纲目》的“谷类”首列胡麻、亚麻、大麻，吴其濬《植物名实图考》开篇第一就是胡麻、大麻。胡麻亦麻属，也叫“脂麻”，现在习称“芝麻”。至于稻、麦、黍、稷、豆、粟之类统统只能靠后排，这种排列顺序是基于麻类的历史地位。

衣的方面，麻与桑并重，所以有“丝麻”“桑麻”这样的词汇。《后汉书·舆服志》所谓“上古穴居而野处，衣毛而冒皮，未有制度，后世圣人易之以丝麻”，晓得了用丝麻做衣服，是人类进入文明社会的一个标志。《左传·成公九年》引《诗》说，“虽有丝麻，无弃菅蒯；虽有姬姜，无弃蕉萃”（按:“姬姜”代指贵族妇女，“蕉萃”代指卑贱低下的人）。可见用丝麻做的是好衣服，用菅蒯做的是低档衣服。当然，《诗经》时代麻、菅之间还有葛，《周南·葛覃》“葛之覃兮，施于中谷，维叶莫莫；是刈是濩，为絺为绤，服之无斁”是也。

总而言之，桑、麻、葛、菅都是那时候的要紧物事。只是后来棉花

约日本江户时代嘉永元年（1848）·细井徇《诗经名物图解·麻》

麻，即大麻，茎皮纤维长而坚韧，可用于纺织麻布、帆布，或制绳索、渔网和造纸；种子可榨油，用于制造油漆、涂料；油粕可作饲料。种仁（麻子）可食，古时曾经充任食粮，一度被列为五谷之一；也可入药，称大麻仁，有润燥滑肠、通淋活血的功效

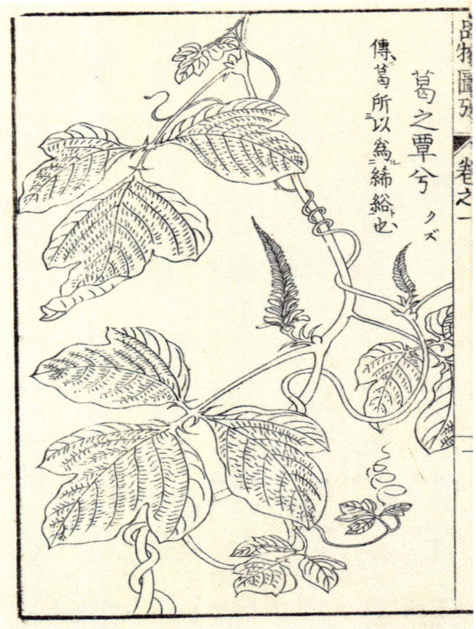

《毛诗品物图考·葛之覃兮》
日本天明五年（1785）刊本，冈元凤纂辑，橘国雄绘
《周南·葛覃》“葛之覃兮，施于中谷，维叶莫莫；是刈是濩，为絺为绤，服之无斁”。（按：覃，音tán，悠长；刈，音yì，收割；濩，音hùo，通“镬”，用镬煮；絺，音chī，细的葛纤维织的布；绤，音xì，粗的葛纤维织的布；斁，音yì，厌倦、厌弃）

引进并兴起，麻的地位便一落千丈了，因此吴其濬说，“物理盛衰，良可增慨”。桑蚕做丝而不能吃，黍稷可吃而不能衣，论起综合实力来，《诗经》草木能坐第一把交椅的，毫无疑问就是麻。

吃，还是当柴烧

“九月叔苴”，接下来便是“采荼薪樗，食我农夫”。郑康成说：“干荼之菜，恶木之薪，亦所以助男养农夫之具。”干荼之菜，相当于我小时家中做的梅干菜。这是郑康成的解释体系，与“瓜瓠之畜”一脉相承，都是为了御冬。“采荼薪樗”，就是采了荼做成菜干，砍了樗木当柴烧。朱子《诗经集传》只说“荼，苦菜也”，再不多说，朱子之意，采荼就是采荼，采了直接吃，而不是做梅干菜。

约日本江户时代嘉永元年（1848）·细井徇《诗经名物图解·荼》

荼，即苦苣菜，又名苦菜，常群聚成片生长，全草有白乳汁，嫩茎叶可作青绿饲料，为幼鹅、猪所喜食，也可沤制绿肥，还能栽培作蔬菜食用。其全草可入药，有清热、凉血、解毒的功效，茎叶有降血压作用

荼即苦菜，《诗经》常见，《邶风·谷风》有“谁谓荼苦，其甘如荠”，《大雅·绵》有“周原膴膴（按：膴，音wǔ，膴膴，意为土地肥沃），堇荼如饴”。荼味苦，所以“荼”亦作“苦”，《唐风·采苓》“采苦采苦，首阳之下”，这个“苦”就是苦荼菜。《礼记·月令》里说“孟夏之月苦菜秀”，照此说来，苦菜的食用当在春夏之交，但是“采荼薪樗”承“九月叔苴”而来，深秋九月苦菜早已老不堪食了。因此马瑞辰考证说，苦菜有两种，一种春生，一种秋生，春生者也叫“苦荬菜”，秋生者也叫“游冬”，《七月》里的“采荼”采的是游冬。

马瑞辰照顾了上面的“九月叔苴”，把“荼”解释为游冬。王照圆则照顾下面的“食我农夫”，认为采荼是为了吃，薪樗也是为了吃，这样才与“食我农夫”相应。她说：“樗即椿类，椿有香者，取其叶生腌之，可为菹”。她的意思，“薪樗”是采了香椿叶腌制。这是一种创说，她的丈夫郝懿行将之录在《诗说》里，大概他也是赞同的。香椿我乡下多见，过去无人采来吃，采了香椿叶炒蛋是近年的事，深秋腌制更是从未听说。

于鬯于《香草校书》另创新说。他是俞曲园的弟子，俞曲园有《古书疑义举例》，特别重视古文的文法，于鬯校书颇有师法。他说：“采荼可食，薪樗不可食，于下文言‘食我农夫’义究竟不融。”因此，于鬯认为，“薪樗”是砍樗木当柴火，“采荼”也应该一样，“荼”不是苦菜，而是杂草。有证据吗？有。《诗经·周颂·良耜》云“其镈斯赵，以薅荼蓼”（按：镈，古锄田去草农具；赵，意为锋利好使），这个“荼”便是杂草的意思。故于鬯认为“采荼薪樗”就是用杂草、樗木当柴烧。

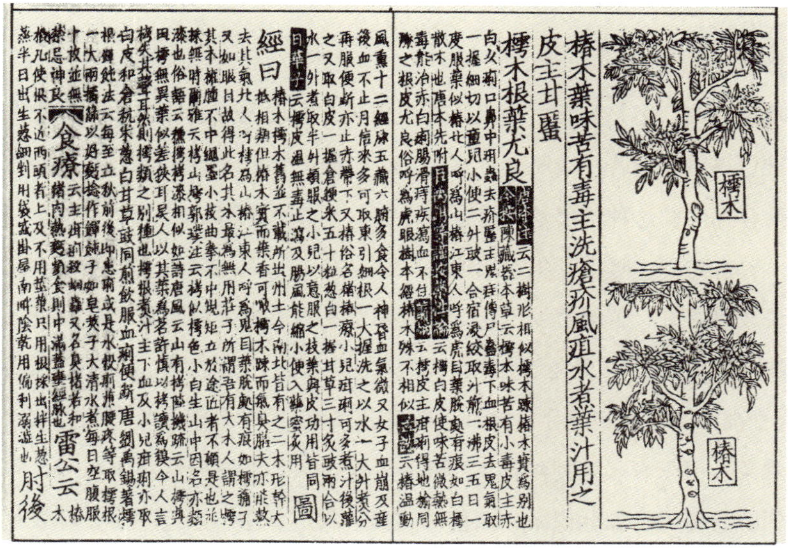

《重修政和经史证类备用本草·樗木、椿木》
宋唐慎微撰，蒙古海迷失后元年（1249）张存惠晦明轩刻本
樗木，即臭椿，别名虎目、大眼桐、凤眼草等，其叶可饲养椿樗蚕，树皮可提制栲胶，种子可榨油、供食用或制皂，根皮、树皮、叶和种子均可入药，但木质疏松，易发霉遭虫蛀，被古人列为“不材之木”

王照圆、于鬯的说法都叫人耳目一新，但纵观整部《诗经》，凡言“采”者都没有采来当柴烧的意思，凡言“薪”者都无当菜吃的。此两说奇则奇矣，回到《诗经》，以经证经，总嫌格格不入，姑妄听之可也，不必当真。但读书能如此细致，一字一句都不草草放过，总是令人钦佩的。

说到苦菜，不妨再多说几句。《小雅·采芑（音 qǐ）》诗云：“薄言采芑，于彼新田，于此菑（音 zī）亩。”菑为初耕的田地，毛传云：“田一岁曰菑，二岁曰新田，三岁曰畬。”可见，芑在当时是一种广泛种植的菜，不是野菜。陆玑说芑似苦菜，马瑞辰说芑即苦菜，不晓得谁说得对。倘若马瑞辰说对了，那么《诗经》里的苦菜又多出一种来，而且那时候这种苦菜是种植于田地的，不似我乡间只当它野菜。

郝懿行《曝书堂集》则说，“芑”“苣”一声之转，芑即莴苣。此说我最喜好，苦菜吾乡不吃，莴苣则常见，人们习惯叫它“莴苣笋”，我小时种过，亦爱吃，刨丝、切片，炒肉丝，或生腌，都好。杜甫《种莴苣》诗云“苣兮菜之常，随事艺其子”，可见它亦是唐朝人的家常菜。但李石《续博物志》、陶谷《清异录》都说莴苣菜出呙国，隋朝时始传入。如此说来，莴苣的“莴”与胡、番、洋差不多，都表示是外来的，只可惜“呙国”不知是什么国家。“呙”或是“倭国”之“倭”的异写，文献不足，不敢妄断。

“莴苣”之名唐以前似不见记载，大概确是舶来品。郝懿行说芑即莴苣，我虽喜欢，但总不太敢相信，情感是一回事，理智又是一回事。回过头来，陆玑、马瑞辰之说大概是对的，芑即使不是苦菜，亦当是苦菜之类吧。

樗是臭椿，气味难闻，木质也不坚硬，所以不为古人所爱。毛公注《诗经》，于《豳风·七月》“采荼薪樗”、《小雅·我行其野》“蔽芾其樗”都说“樗，恶木也”。别名叫“樗”的，还有《唐风·山有枢》里“山有栲，隰有杻”的栲，栲又叫山樗。郭璞说“栲似樗”。孔颖达《正义》引古俗语“杶樗栲漆，相似如一”（按：杶，同“椿”），既云“似”，当是两种树，同类而有别。马瑞辰《毛诗传笺通释》以为栲即臭椿，不足信。

南宋·马和之《小雅·鸿雁之什·我行其野》（美国纽约大都会艺术博物馆藏）

臭椿虽臭，医家却宽厚，物物尽其用，韩昌黎所谓“俱收并蓄，待用无遗者，医师之良也”，万物只作平等观，一点轻薄不得。樗根白皮，苦涩性寒，有燥湿清热、涩肠止带之功，《苏沈良方》有“樗根散”，方用樗根皮、枳壳、甘草，治水泻后急内重。我随徐先生抄方时，有次先生诊好病，说方药，我在旁记录，先生说到“樗根白皮”，此物不甚常用，所幸我写得出，颇洋洋自得了一时，从此便对不常用的药也细细地记了一回。

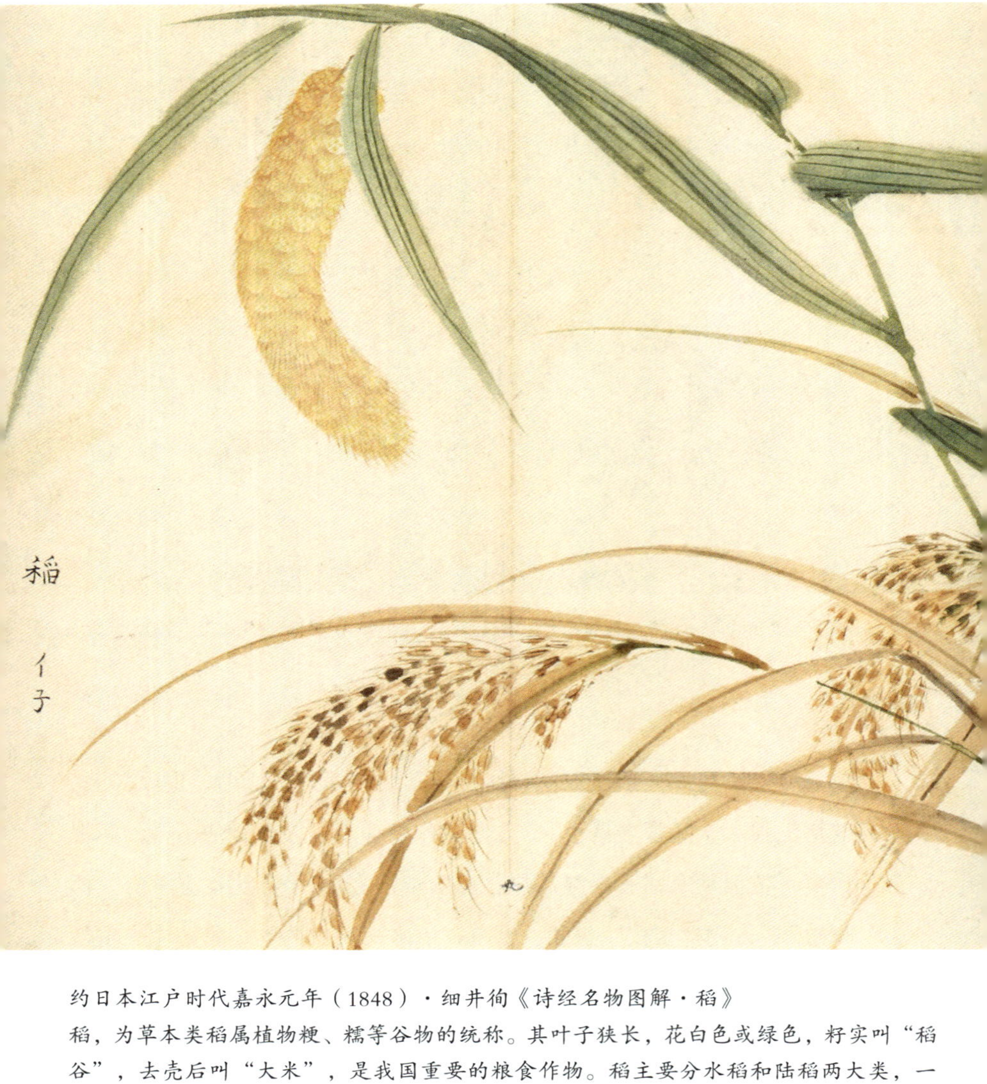

约日本江户时代嘉永元年（1848）·细井徇《诗经名物图解·稻》

稻，为草本类稻属植物粳、糯等谷物的统称。其叶子狭长，花白色或绿色，籽实叫“稻谷”，去壳后叫“大米”，是我国重要的粮食作物。稻主要分水稻和陆稻两大类，一般所说的“稻”是指水稻，《本草》上的“稻”则专指糯米

十月获稻

十月获稻是一件大事，获稻以后，一年农事就做好了。我小时候最喜好冬天，不是爱其冷静，而是喜其空闲，理所当然地无所事事。农业社会，冬季是懒人的天堂，但是吃饭是懒不掉的。

稻，《说文解字》又叫“稌（音 tú）”，《诗经》中常见。

> 王事靡盬，不能艺稻粱。
>
> ——《唐风・鸨羽》

> 黍稷稻粱，农夫之庆。
>
> ——《小雅・甫田》

> 滮池北流，浸彼稻田。
>
> ——《小雅・白华》

> 丰年多黍多稌，亦有高廪，万亿及秭。
>
> ——《周颂・丰年》

> 有稷有黍，有稻有秬。奄有下土，缵禹之绪。
>
> ——《鲁颂・閟宫》

《诗经》多稻,《周礼》有“稻人”之官，汉朝有“稻田使者”，但五谷名单——麻、菽、麦、稷、黍，却没有稻，叫人有一种“可惜不是你”的感慨，这大概就是《诗经》时代主食的真实序列，不必高估了稻的地位。

《大雅·生民》记述后稷稼穑比较详尽，菽、禾、麻、麦都有，唯独没有稻。宋应星《天工开物》说“独遗稻者，以著书圣贤起自西北也”，说得很有趣。照宋应星的意思，如果古昔圣贤都在南方，则稻必为五谷之首了。据《宋史·食货志》记载，宋太宗时期“江北之民杂植诸谷，江南专种秔（粳）稻”，则南稻北麦的大格局至少在唐、五代已经形成。为推行参植以防水旱，宋太宗诏江南、两浙、荆湖、岭南、福建诸州长吏，劝民益种诸谷，江北诸州，亦令就水广种粳稻。我小时候家里就种过大麦、小麦，但总以稻为大宗。

在《说文解字》里，以黏性来分，稻大致分三种：最黏的为稬（音 nuò），今通作“糯”；其次为秔，即粳；不黏的为稴（音 xián）。颜师古《匡谬正俗》说稻字的本义是指糯稻。糯米黏腻，不适合常吃，但用来酿酒却最合适，这与下文“为此春酒，以介眉寿”相合。郑康成注《仪礼·聘礼》说“凡酒，稻为上，黍次之，粱次之”，这个“稻”当是糯稻。《诗经》时代种的稻大概多是糯稻，酿酒为主，食用为辅，因此不列入“五谷”，这是可以理解的，未必如宋应星所说古昔圣贤都是西北人的缘故。我们乡下早些年到了冬天就酿酒，这酒叫“杜搭酒”，用的就是糯米，因为味道好，便容易醉。

我小时候家乡种双季稻，“头上乌蚊罬，脚上蚂蟥攀”，这种苦只

明 · 文俶《金石昆虫草木状 · 粳米》
粳米，水稻的一个亚种，米粒较短，卵圆形，常见的粳稻米黏性较籼米强，弱于糯米，一般来说涨性小。粳米的“粳（jīng）”民间一般读作 gěng

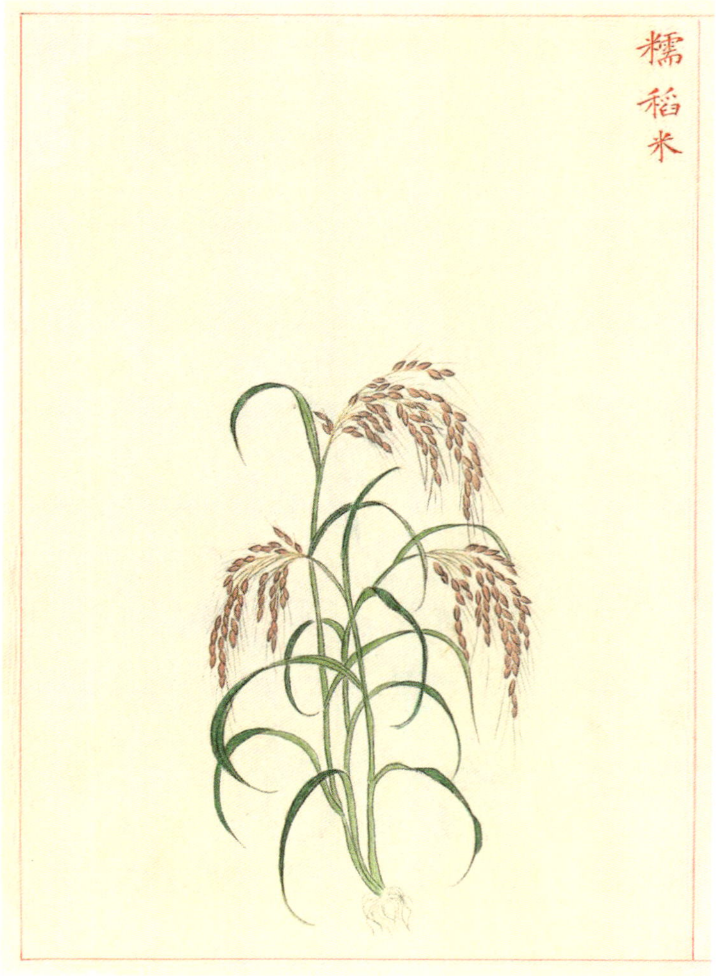

明·文俶《金石昆虫草木状·糯稻米》
糯米，黏性大，米粒一般呈长椭圆形或细长形，中医认为，糯米性温、味甘，入肺、脾经，有补虚、补血、健脾暖胃的作用

有自己晓得，回想起来如在目前。双季稻分早稻、晚稻，晚稻收于十月，与《诗经》所述一样。吾乡种早稻，起于北宋。《宋史·食货志》载，宋真宗朝“以江、淮、两浙稍旱即水田不登，遣使就福建取占城稻三万斛，分给三路为种”。“占城”即今越南，占城稻传入福建大概在唐末五代，因其种于立夏、收于六月，区别于十月收割的晚稻，吾乡称之为“早稻”。

早稻米小而尖，吾乡又叫它“尖米”，烧出来的饭难吃、硬。长大后读《说文解字》，“稴”字下见段玉裁注，“稻有不黏者，则稴是也，今俗通谓不黏者为籼（音 xiān）米”，“盖‘籼’即‘稴’字，音变而字异耳，《广雅》曰‘籼，稉（同粳字）也’，浑言不别也”，恍悟吾乡所谓“尖米”，大概就是“稴”“籼”之转语。我的估计，占城稻传入中国后，大概因其形、味与稴（籼）相似，所以不专门给它取名，就叫了“稴（籼）”，这大概与秋葵一样，今之秋葵非古之秋葵，但并不专门另外为之命名。稴米也好，籼米也罢，叫着叫着，叫别了，就变成了吾乡的“尖米”。

晚稻米又分粳米、糯米。吾乡糯米种得少，只是过年过节烧糯米饭、做圆子吃，或者用它酿酒待客，用途并不大，所以吾乡凡说“晚稻米”，一般说的便是粳米。粳米好吃，我小时候，新鲜粳米烧的饭，不过菜蔬也吃得下几碗。因此，收了晚稻，打出米来，吃第一顿新鲜米便是一件大事，要先祭祖、祭菩萨。

说到稻，连带说一下稗（音 bài）。《说文解字》：“稗，禾别也。”段玉裁注：“谓禾类而别于禾也。”稗与稻生得很像，没做过田畈生活的人，很难辨别。我小时候种田，隔一段辰光就要去田里拔稗草，叫它“稗草”，明其无用也，最好它不要生出来，便可省掉许多田头生活。但其实稗并非全然无用，《说文解字注》：“稗，有米似禾，可食，故亦种之。”《齐民要术》说稗米味道不减粱米，酿酒亦佳。《农政全书》说稗耐水旱，其利甚多。可见古人并不如我小时候把它视如草芥。

《汉书·艺文志》说，“小说家者流，盖出于稗官”。如淳曰：“细米为稗，街谈巷说，甚细碎之言也。”可见，稗米比稻米细小。《大雅·召旻》“彼疏斯粺”，“疏”即粗，《论语》“饭疏食”是也，“粺”与“疏”相对为文，我疑心这就是稗子，从米从禾，道理一样。

《豳风·七月》是《诗经》里一首规模庞大的农事诗，我读来只觉他们的农事里满是欣喜，自己亦跟着欣喜，不像我小时一边种田一边想着做街上人。如今读《七月》诗总觉得无比惭愧，想起陆放翁《示儿子》“最亲切处今相付，熟读周公七月诗”。我如今熟读了《七月》，却已回不到故乡的一亩三分地，旧燕来时故乡已老，奈何奈何！

《诗经》里的恶木

小雅·鹤鸣

鹤鸣于九皋[1]，声闻于野。
鱼潜在渊，或在于渚[2]。
乐彼之园，爰有树檀[3]，其下维萚[4]。
他山之石[5]，可以为错[6]。

鹤鸣于九皋，声闻于天。
鱼在于渚，或潜在渊。

---

1 鹤：一种水鸟，古人用以比喻隐居的贤人；九皋：皋为沼泽中由高地围成的小沼泽，“九”表示虚数，言泽之深广。

2 渚：水中小洲，此处当指水滩。

3 爰（yuán）：句首语助词；檀（tán）：古书中称“檀”的木很多，时无定指，常指豆科的黄檀、紫檀，这里用来比喻贤人。

4 萚（tuò）：枯落的枝叶，这里用来比喻小人。

5 他山之石：这里用以比喻别国的贤人。

6 错：琢玉的石头，必取自他山，以其硬度不同。一说一种琢磨玉器的工具。

乐彼之园，爰有树檀，其下维穀[7]。

他山之石，可以攻玉[8]。

7 穀（gǔ）：树木名，即楮树，其树皮可作造纸原料，这里用来比喻小人。

8 攻玉：谓将玉石琢磨成器。攻，加工，雕刻。朱熹《集传》云，“两玉相磨不可以成器，以石磨之，然后玉之为器，得以成焉”。

天地草木本无所谓美恶，有人斯有美恶。毛公注《诗经》，称作“恶木”的只有“樗”“榖”两种，一对难兄难弟，在文学里便常被比作小人，《鹤鸣》诗“其下维榖”即是。榖树皮粗糙，亦以比丑陋之人，《水浒传》里的武大郎就被人唤作“三寸丁、榖树皮”。我家东面有一株榖树，我小时候日日看它春生夏长，如对故人，颇觉其可爱。孩提之童，少了功利分别之心，反见得天地之纯之美，难怪老子要说，“能婴儿乎”？

我小时所见，榖树生长得极快，且高大，《鹤鸣》所谓“爰有树檀，其下维榖”，不一定是说榖树比檀树矮，只是以此比君子、小人罢了。方玉润以为此诗是“实赋其景”，“使王读之，觉其中禽鱼之飞跃，树木之葱蒨，水石之明瑟，在在可以自乐”，亦说得过去。

榖树算是我平生最熟悉的树木之一，然亦只止于形。陆玑《毛诗草木疏》云：“榖，幽州人谓之榖桑，或曰楮桑；荆、扬、交、广谓之榖；中州人谓之楮。”又说，“今江南人绩其皮以为布，又捣以为纸，谓之榖皮纸，长数丈，洁白光辉，其里甚好。其叶初生可以为茹”。这些都是我儿时不知道的。榖树皮可以做布造纸，《诗经》时代应该还没派这样的用场。榖树的嫩叶可当菜吃，不知味道如何，我乡下不曾有人吃榖树叶，毕竟现世里的江南可吃的好东西很多，随它榖树叶生了落、落了又生，生生死死总无关乎人世的餐桌。

榖树也叫构树，“榖”“构”一声之转，一个读得短一些，一个读得长一些。我们乡下只叫“榖树”，颇与《毛诗草木疏》“荆、扬、交、广谓之榖”相合，吾乡正在古扬州之域。方言土话的坚定不移，有时

明·文俶《金石昆虫草木状·滁州楮实》

正如贞女志士一般，“我心匪石，不可转也”，总叫人惭愧。

《说文解字》云，“穀，楮也”；“楮，穀也”。但按《毛诗草木疏》之说，“穀”“楮”也属方言之别，“穀”是南方人的叫法，“楮”是中原人的叫法，幽州人则称“穀桑”。既有如此多的别名，可见穀树是南北都有的树木，所以《汉书·司马相如传》一句“梬枣杨梅”，张楫就注解说“杨梅，其实如穀子”。穀子，即穀树的果实，也叫楮实，当时人人识得，所以要拿它做参照物。杨梅是江南特产，古时北方读书人未必识得，用穀子做比方，大致就能得其仿佛了。南宋笔记集《能改斋漫录》说北方人用杨梅汁浸楮实，做成假杨梅售卖，亦见两者之难分。

吾乡叫穀子为“穀树杨梅”，我小时吃过，颇甜，但老人见了会摇手止之，不知何故。医家习惯称其“楮实”，《本草备要》说它“能助阳气、起阴痿、补虚劳、壮筋骨、明目、充肌”，真是好东西。古方多用以入补药，毓麟丸、千金吉祥丸治不孕不育，皆有楮实。

穀树汁亦可入药，我小时常见穀树皮一破就流出白汁来，像牛奶一样，医书说穀汁可以治顽癣，还能美容养颜。我乡下曾流行一偏方，顽固的皮肤病常用穀树汁涂抹，亦颇有见好的。

于我而言，别有感恩穀树的地方。小时候没菜蔬吃，常去采穀树蕈，我家东面的穀树极高大，树身上有一道缝，一年四季长满了蕈，我与妹妹常去采了来洗净，滴几滴香油炖了吃，很下饭。为此，我颇以古人判其为“恶木”而替它感到冤枉。

苏东坡总结穀树的种种好处，特意做了一首《宥老楮》为穀树翻

约日本江户时代嘉永元年（1848）·细井徇《诗经名物图解·榖》

榖树，亦称构树、楮树，为落叶乔木。其叶子和茎上有硬毛，新生枝密披灰色粗毛，具乳汁；叶阔卵形至长圆状卵形，叶端渐尖，全缘或缺裂；初夏开淡绿色小花，雌雄异株；果实圆球形，成熟时鲜红色。榖树皮是制造桑皮纸和宣纸的原料

案，说了我想说的。诗云：

我墙东北隅，张王维老榖。
树先樗栎大，叶等桑柘沃。
流膏马乳涨，堕子杨梅熟。
胡为寻丈地，养此不材木。
蹶之得舆薪，规以种松菊。
静言求其用，略数得五六。
肤为蔡侯纸，子入桐君录。
黄缯练成素，黝面颒作玉。
灌洒烝生菌，腐余光吐烛。
虽无傲霜节，幸免狂酲毒。
孤根信微陋，生理有倚伏。
投斧为赋诗，德怨聊相赎。

榖树身上的案子很多。“榖”字与“穀”字极相近，一弄混便谬以千里。所以陆德明《经典释文》在“其下维榖”句下特意注明：“榖，从木，非从禾也。”从木的是榖树的“榖”，从禾的是稻穀（谷）的“穀”。

王鸣盛《蛾术编》说榖、穀二字“字形相似，其义大异”，一是树木名，一是百谷总名。即便如此，古代的《诗经》版本“其下维榖”也有不少误刻成“其下维穀”的。《清稗类钞》里记有一则谜语，谜面是“水火金木土”，谜底是“其下维榖（穀）”，这是一个经学谜语，谜面出自《尚书·大禹谟》“德惟善政，政在养民，水、火、金、木、土、穀（谷）惟修”，谜底即出《鹤鸣》，非常巧妙。但其实《尚书》“水、火、金、木、土、穀”的“穀”，与《鹤鸣》“其下维榖”的“榖”不是一个字，可见这个谜语所据的是《诗经》误本。

一代至文

小雅·蓼莪

蓼蓼者莪[1]，匪莪伊蒿[2]。
哀哀父母，生我劬劳[3]。

蓼蓼者莪，匪莪伊蔚。
哀哀父母，生我劳瘁。

瓶之罄矣[4]，维罍之耻。
鲜民之生，不如死之久矣。
无父何怙[5]，无母何恃？
出则衔恤[6]，入则靡至[7]。

---

1 蓼（lù）蓼：形容植物高大；莪（é）：即莪蒿。
2 匪：同“非”；伊：是。
3 劬（qú）劳：与下章“劳瘁”皆辛劳之意。
4 罄（qìng）：尽，指器皿中空。
5 怙（hù）：依靠。
6 衔恤：含忧。
7 靡至：无所投奔。

父兮生我，母兮鞠[8]我。
拊我畜我[9]，长我育我。
顾我复我[10]，出入腹[11]我。
欲报之德，昊天罔极[12]。

南山烈烈[13]，飘风发发[14]。
民莫不穀[15]，我独何害。

南山律律[16]，飘风弗弗[17]。
民莫不穀，我独不卒。

---

8 鞠：养育。
9 拊：通“抚”，抚摸；畜：通“慉”，喜爱。
10 顾：顾念；复：返回，指不忍离去。
11 腹：指怀抱。
12 昊天：广大的天；罔：无。极：边际。
13 烈烈：通“颲颲”，山风大的样子。
14 飘风：同“飙风”；发发：形容风势凶猛。
15 穀：善。
16 律律：同“烈烈”。
17 弗弗：同“发发”。

约日本江户时代嘉永元年（1848）· 细井徇《诗经名物图解 · 莪》

莪，即莪蒿，别名萝、萝蒿等，李时珍《本草纲目》云，“莪抱根丛生，俗谓之抱娘蒿”。莪蒿生于山野、农田，嫩叶可作菜蔬食用，味道与蒌蒿相似。其种子可榨油，供作工业用途或食用，亦可入药，称“南葶苈子”，可以祛痰定喘、强心利尿

约日本江户时代嘉永元年（1848）·细井徇《诗经名物图解·蔚》

蔚，即牡蒿，为菊科蒿属多年生草本，植株有香气，常见于林缘、疏林下、旷野、灌丛、丘陵、山坡、路旁等地，茎直立，常丛生。其根状茎粗壮，常有若干条营养枝。牡蒿全草可入药，有清热、解毒、消暑、祛湿、止血、消炎、散瘀之效，嫩叶可作菜蔬食用

子欲养而亲不待，风木之悲，千古同此一哭。方玉润称《蓼莪》诗“为千古孝思绝作”，“备极沉痛，几于一字一泪，可抵一部《孝经》读。固不必问其所作何人，所处何世，人人心中皆有此一段至性至情文字在，特其人以妙笔出之，斯成为一代至文耳”！说得好极。

《蓼莪》诗以莪起兴，毛公说：“莪，萝蒿也。”莪是蒿类的一种，又称“抱娘蒿”。马瑞辰《毛诗传笺通释》说得明白：“莪蒿即茵陈蒿之类，常抱宿根而生，有子依母之象，故诗人借以取兴。”要言不烦，点出起兴之由。

莪的别名不少。《尔雅·释草》云“莪，萝”，此为毛公所本。郭璞注解：“今莪蒿也，亦曰藘（音 lǐn）蒿。”藘蒿，亦作“廪蒿”，与“萝蒿”为一声之转。

蒿类植物《诗经》常见，此诗的莪、蔚皆是，“莪”是莪蒿，“蔚”是牡蒿。蒿之为用甚大，古人多用以祭祀祖宗神祇。祭为古人所重，所谓“国之大事，在祀与戎”是也。当然，凡祭祀之供品亦即家常食用之物，这与我乡乡民一样，好东西祭了祖宗菩萨后，自己再吃。

一部《诗经》蒿香弥漫，这里略录几种。

《召南·采蘩》：“于以采蘩？于沼于沚。”蘩，《尔雅·释草》谓之“皤蒿”，皤蒿即白蒿。它亦出现在《豳风·七月》中，“春日迟迟，采蘩祁祁。女心伤悲，殆及公子同归”，尤见其好。

《曹风·下泉》：“冽彼下泉，浸彼苞稂（音 láng）。”郑康成说稂即凉草，亦是蒿属。又“冽彼下泉，浸彼苞萧”，《毛传》曰“萧，蒿也”。《小雅·蓼萧》：“蓼彼萧斯，零露湑兮。”毛公亦说“萧，蒿

约日本江户时代嘉永元年（1848）·细井徇《诗经名物图解·蓍》

蓍，即高山蓍，别名蚰蜒草、蜈蚣草、锯齿草等，多生于山坡草地、荒野灌丛及林缘。其果实入药，可益气充肌肤；叶入药，可化腹中痞疾。古时，人们取蓍草之多茎株高者用于占卜，称为“筮草”，将其视作神物

也”。“萧”“蒿”古音相近，浑言不别，都可以作为蒿类植物的通称。蒿又名“菣（音 qìn）”，特指青蒿。萧则说法不一，《说文解字》云“萧，艾蒿也”；《尔雅·释草》云“萧，萩”，并注“即蒿”；陆玑云“今人所谓萩蒿者是也，或云牛尾蒿，似白蒿”，“许慎以为艾蒿，非也”。古人祭祀所用蒿类多为萧，如《王风·采葛》“彼采萧兮”，郑康成注“所以共祭祀”，陆玑说萧有香气，“故祭祀以脂爇之为香”。

另《曹风·下泉》诗末章“冽彼下泉，浸彼苞蓍”里的蓍，古人亦列于蒿类。

回头再说“蓼蓼者莪”。“蓼蓼”是一个形容词，《诗经》中形容植物的词特别多，如夭夭、菁菁之类，声韵优美，动中有静、静中有动，没有一个不好的。蓼蓼，毛公说是长大之貌，单言之，则为《小雅·蓼萧》“蓼彼萧斯”的“蓼”。蓼的本义为辛菜，为草本植物，其茎叶味辛辣，可用以调味，全草可入药，亦称“水蓼（音 liǎo）”。然则它何以会有长大、高大的意思呢？

这个问题需要从音理上分析，不可泥于字面。“蓼蓼者莪”的“蓼”读如“陸（陆）”，犹“稑（音 lù）”之或体作“穋（音 lù）”。稑、穋两字音同义通，均指后种先熟的谷物。可见坴、翏两字古音通，故睦、膠（胶）两字义亦相近。蓼从“翏”声，《说文解字》云，“翏，高飞也”，故凡从“翏”得声之字，多有高、长、大、深之意。

如飂（音 liù），《说文解字》曰“高风也”，段玉裁注“从风，翏声”。按《庄子·齐物论》：“是唯无作，作则万窍怒号，而独不闻之翏翏乎？”郭注：“翏翏，长风之声。”“翏翏”本亦作“飂飂”。《广雅》

约日本江户时代嘉永元年（1848）·细井徇《诗经名物图解·蓼》
蓼，即水蓼，别名水红花、药子草等，生于河滩、山谷湿地、田野水边。根（水蓼根）、果实（蓼实）可入药，可以化湿行滞、祛风消肿，用于治疗痧秽腹痛、泄泻痢疾、子宫出血等症。古时蓼为“五辛”之一，作为辛辣调味品食用，烹煮鸡、猪、鱼、鳖时，“皆实蓼于其腹中”以去除腥味

云，“飕飕、飀飀、浏浏，风也”，所谓“风”亦即长风。凡此之类皆一声之转，书无定字，主在其音。

又如“樛（音 jiū）”，《说文》云“下句曰樛”，毛传云“木下曲曰樛”。《诗经·周南》有“南有樛木”，陆德明《经典释文》说“（樛）马融、《韩诗》本并作‘朻’，音同”，说明这句诗有两个版本。《说文解字》：“朻，高木也。”马瑞辰《毛诗传笺通释》说“朻”“樛”实为一字，“朻”为“樛”之重文。说到底，“南有樛木”“南有朻木”，其实是一个字的两种写法，都是树木高大之意。

再如“漻（音 liáo）”，《说文解字》云“清深也”。凡从“翏”声之字，施诸木为高长，施诸水为清深，高与深是一样的道理。

从“翏”声之字若施诸味觉则为“熮（音 liǔ）”，即辣，浓重之味，《说文解字》引《周书》云“味辛而不熮”，《吕氏春秋》作“辛而不烈”，“烈”即今所谓“辣”；若施诸草木则为“蓼”，蓼为辛菜，与“熮”字一义相因；若施诸动作则为“勠”“戮”“摎”，皆表示程度之深，其理一也。

又，“翏”“求”古时声义并通，《说文解字》“球，或作璆”，可证。《诗经 · 小雅 · 大东》：“有饛簋飧（按：饛，音 méng，食物满器的样子），有捄（音 qiú）棘匕。”《毛传》注，“捄，长貌”。有捄，即捄捄，与蓼蓼、翏翏声义并通。

因此，所谓“蓼蓼者莪”我们不妨将它替换作“翏翏者莪”“樛樛者莪”“有捄者莪”，只要读音无大异还是一样的意思。所以王念孙说，“诂训之指，存乎声音”，真是探本之言，金针度人，可谓菩萨心肠。

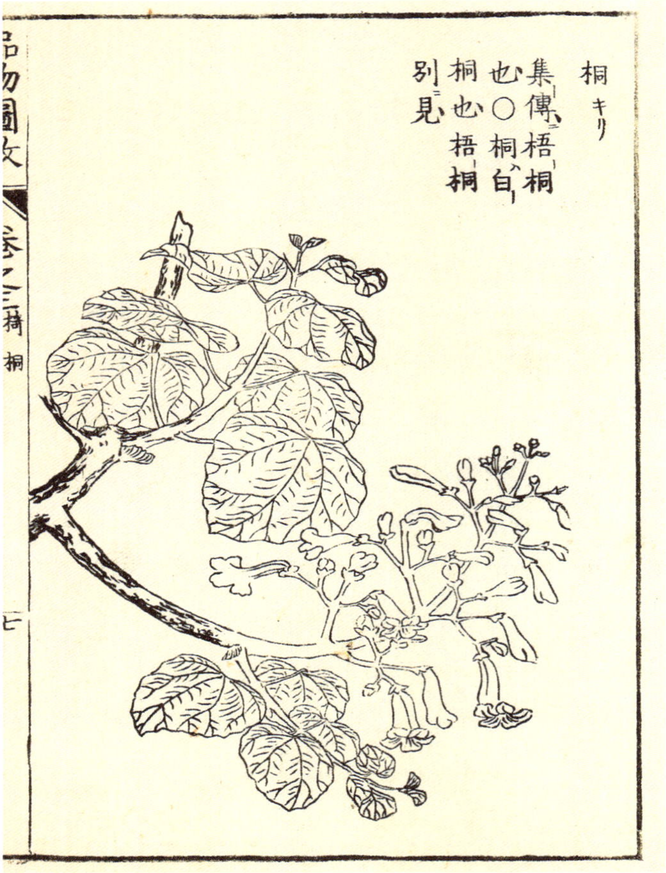

《毛诗品物图考·桐》

日本天明五年（1785）刊本，冈元凤纂辑，橘国雄绘

桐，即梧桐，别名青桐、桐麻、梇梧、苍桐等，为落叶乔木，原产中国，南北各地均有栽培，尤以长江流域为多。梧桐叶翠枝青，亭亭玉立，其木材轻软，是制作木匣和乐器的良材；种子炒熟可食用或榨油；茎、叶、花、果和种子均可药用；树皮的纤维洁白，可用以造纸和编绳等。自古中国民间就有“梧桐招凤”“凤非梧桐不栖”之传说，因此，梧桐被认为是吉祥、昌盛的象征

凤鸣梧桐

大雅·卷阿（九章）

凤皇鸣矣，于彼高冈。

梧桐生矣，于彼朝阳[1]。

菶菶[2]萋萋，雝雝喈喈[3]。

---

1 朝阳：指山的东面向阳处，因其早上为太阳所照，故称。

2 菶（běng）菶：草木茂盛貌。

3 雝（yōng）雝喈（jiē）喈：鸟鸣声。

罗愿《尔雅翼》云:“梧者，植物之多阴最可玩者。”说得真好!我是桐乡人，于梧桐别有一种深情似水。我曾在《故乡》一文中写过:“我喜欢湘漾里，月亮照在老屋的墙上，我在弄堂口见着，便停下来看，梧桐叶在月色下发亮，使人觉得有一种深意。”

我的故乡印象便是村子里有一片树林，树林里有几株高大的梧桐。我们常去树林里爬树，只为爬树，不为什么，一点机心也没有，简简单单，快快乐乐。但梧桐树我们却不敢爬，老人说梧桐树皮滑，枝条又脆，攀得不巧容易出事。发起台风的时候，我见梧桐枝纷纷断了掉下来，果然不虚。

后来，读《诗经》“荏染柔木，君子树之”，毛公说梧桐即柔木之一，我颇喜欢诗中“荏染”两字，一闻其音便觉柔情似水，叫人爱怜，诗人善于形容，字字发于人心。再读“梧桐生矣，于彼朝阳”，毛公又说“梧桐，柔木也”。一再说梧桐是柔木，我读毛公的注解，仿佛面对着小时候的那位老人，里面有一片好心。

梧桐乃易生之木，处处有之,《诗经》里出现有三处。

一是《鄘风·定之方中》的“椅桐梓漆，爰伐琴瑟”，桐木可做琴瑟。《尚书·禹贡》有“峄阳孤桐”，孔安国说孤桐是用来做琴瑟的，我喜欢“孤桐”两字，真好听，连带着“峄阳”也好听。

还有《小雅·湛露》里的“其桐其椅，其实离离”。梧桐子可食，镬子里炒一炒，极香。因为其常见，所以医书上凡写到药丸一般都说做得如梧桐子大小，人家一见就明白了。照段玉裁的意思，做琴的是白桐，结子的是青桐,《诗经》是浑言，不分别青白，吾乡亦是如此。

南宋·马和之《小雅·南有嘉鱼之什·湛露》（美国波士顿艺术博物馆藏）

清 · 戴礼
《梧桐竹石图轴》
（辽宁省博物馆藏）

再一处便是这《大雅·卷阿》中的“凤皇鸣矣，于彼高冈。梧桐生矣，于彼朝阳”。梧桐与凤凰扯上了关系，这种说法大概源起于《诗经》之前，由此“梧桐凤凰”成了文人墨客笔下具有诗意的无限美好想象。我最喜李义山的诗“桐花万里丹山路，雏凤清于老凤声”，觉得桐花里有无尽的希望在，不似《花间集》“梧桐树，三更雨，不道离情正苦；一叶叶，一声声，空阶滴到明”，词虽美，毕竟过于凄楚。有一年清明，我在故乡的老街上看见一树梧桐花开，想起《礼记》里的“季春之月桐始华”，草木有信千古不变，我见时由衷感愧。

吾乡桐乡旧有梧桐里、凤鸣里，竟有《诗经·大雅》的风韵，叫人惊喜。《庄子·秋水》亦说凤凰“非梧桐不栖，非练实不食，非醴泉不饮”，练实即楝树子，唐初道家成玄英却说是竹实，我所不取。楝树，我乡下常见，城里很少看到。犹记某年暮春时节，我在杭州宝石山上，偶一回头忽见几树楝花，那种惊喜不可思议，悲从中来是真悲伤，喜从惊来是真欢喜，原来悲伤、欢喜皆不可强求。如今每一想起，还如身在杭城之巅的那个午后，连带会想到梧桐、凤凰，只是《诗经》里没有写楝树。李清照埋怨屈原《离骚》不写桂花，我不埋怨《诗经》，只是爱而不怨、乐而不伤。

《诗经》写“梧桐”，若只用一字，便是“桐”，诸子百家之书则异，用一字时叫“梧”，不说“桐”，如《孟子》“舍其梧槚，养其樲棘”、《庄子》“据槁梧而瞑”是也。《说文解字》云，“梧，梧桐木”；“桐，荣也”；“荣，桐木也”。如此看来，梧、桐、荣三字的本义都是梧桐，荣字的本义如今很少用了，我见梧桐花开时确是荣华之相，果然花开富贵，真是不虚。

李时珍《本草纲目》说梧桐“名义未详”。古人为什么这样叫它？不清楚。我于村坊上习见高大的梧桐树，后恍悟古人命名之初心，梧者，魁梧也，取一个“梧”字，即有高大的意思在。《说文解字》云，“一曰吴，大言也”；“俣，大也”。梧、吴、俣三字古音相同，义亦相通。

《尔雅》里梧桐还有一个别名，叫“榇（音 chèn）”，木槿在《尔雅》中亦叫“榇”，两物共名是人世多见的现象。梧桐，古人亦用于棺木，所以“榇”便做了棺材的代名词，叫人见了便起悲伤之感。这种感觉比梧桐叶落而天下知秋来得浓重，但养生送死本是人世最大的事，此与桐之做琴都见得古人对梧桐的珍重，一在乐、一在礼。礼不崩乐不坏，即是人世清明、草木有幸。

一世芹香

鲁颂·泮水（一章）

思[1]乐泮水[2]，薄采其芹[3]。
鲁侯戾止[4]，言观其旂[5]。
其旂茷茷[6]，鸾声哕哕[7]。
无小无大[8]，从公于迈[9]。

---

1 思：发语词。
2 泮（pàn）水：水名。
3 薄：语助词，无义；芹：水中的一种植物，即水芹菜。
4 戾：临；止：语尾助词。
5 言：语助词，无义；旂（qí）：绘有龙形图案的旗帜。
6 茷（pèi）茷：飘扬貌。
7 鸾：通“銮”，古代的车铃；哕（huì）哕：铃的和鸣声。
8 无小无大：指随从官员职位不分大小尊卑。
9 公：鲁公，亦指诗中的鲁侯；迈：行走。

约日本江户时代嘉永元年（1848）·细井徇《诗经名物图解·芹》

芹，即水芹，别名水英、蜀芹等，生于低洼浅水的地方，如湿地、池沼、浅滩、沟旁、岸边等处。芹的嫩茎和叶柄自古即入菜蔬食用，周代时还是祭祀供品，其全草及根可入药，有清热凉血、利尿消肿等功效，可治高血压、暴热烦渴、水肿、痄腮等症我小时觉得芹菜气味难闻，故不爱吃，却喜欢这个“芹”字，看着好，听着更好。我家祖上一位先人，别号“芹斋”，我觉得比“苏东坡”“黄山谷”“俞曲园”都风雅好听，尽管他没有留下什么著作，这两个字便是一世书香。

吾乡芹菜分两种：一种是人家地上种的，采了自己吃，也卖到街上去；一种是野生的，河里、沟渠多见，俗称“水芹菜”或“野芹菜”，吾乡没有人吃，叫它“菜”却不当它是菜，甚至连羊草都不算，任它荣枯生死，与世人无关。

《诗经》里有两首诗写到了芹菜，一是《小雅·采菽》里的“觱沸槛泉，言采其芹”，一是《鲁颂·泮水》中的“思乐泮水，薄采其芹”，两句诗的前半句均点明了地点，一为“槛泉”、一为“泮水”，可见采的都是水芹菜。采来做什么？郑康成注《采菽》“言采其芹”，“可以为菹，亦所用待君子也”。为菹，就是做腌菜，用它招待君子，见得芹菜在《诗经》时代的分量绝不亚于我小时候家里的一碗红烧肉，难怪古人要把这么好的一个字给了它。

古人重水芹，与我乡下视其如草芥全不一样。《吕氏春秋·本味》列举天下八种美菜，其中就有“云梦之芹”。云梦是一个大泽，即《高唐赋》楚襄王与宋玉所游之地，是楚国特别富有浪漫色彩的一个地方。所以，《说文解字》云：“芹，楚葵也。”《尔雅·释草》亦云“芹，楚葵”，郭璞注：“今水中芹菜。”这里“楚葵”的“楚”字犹如中医方子里写的淮山药、广陈皮、浙贝母、怀牛膝，“淮”“广”“浙”“怀”指的是正宗产地，所谓地道药材是也。《尔雅》《说文解字》所说的

“芹，楚葵”并非说芹是楚地独有的东西，其实此物南北皆有，但以楚地所出的味道最好。

楚地产美芹，产地除了云梦，还有蕲春。《说文解字》说“蕲，草也”，“江夏有蕲春亭（按：亭为秦汉时地方行政单位）”。蕲是什么？陆德明《经典释文》说“蕲，古芹字”，罗愿《尔雅翼》同，蕲春的得名即因其地多美芹之故。段玉裁不同意陆德明、罗愿之说，但言之不了。

《尔雅·释草》云：“薜，山蕲。”郭璞注引《广雅》曰：“山蕲，当归。当归，今似蕲而粗大。”（按：《说文解字》云：“然则当归，芹类也。有平地者名‘芹’，生山中粗大者，名‘当归’也。”李时珍进一步说明：“当归本非芹类，特以花叶似芹，故得‘芹’名。”）《尔雅·释草》又云：“茭，牛蕲。”郭璞注：“今马蕲，叶细锐，似芹，亦可食。”合两条郭注观之，“蕲”当即“芹”，且两字构造、读音亦相似，陆德明之说是可信的。蕲春（今湖北黄冈市蕲春县）是黄季刚先生的故乡，我爱读先生书，每见芹菜便想起蕲春，颇觉亲近。

《吕氏春秋·本味》中的“菜之美者，有云梦之芹”，《说文解字》引作“菜之美者，云梦之萱（音 qǐ）”，“萱”是芹的另一种写法。芹、萱两字一个有鼻音，一个没有鼻音，但上古声母、主元音都一样，就如芹从“斤”声，有鼻音，但“祈”亦从“斤”声，却无鼻音。再如上文提到的“蕲”亦从“斤”得声，但读音如“祈”。这种现象音韵学上称为“阴阳对转”，是极其常见的。从萱、蕲转音到“芹”，用我乡下的话说就叫“拖长调子”——其实就是它。

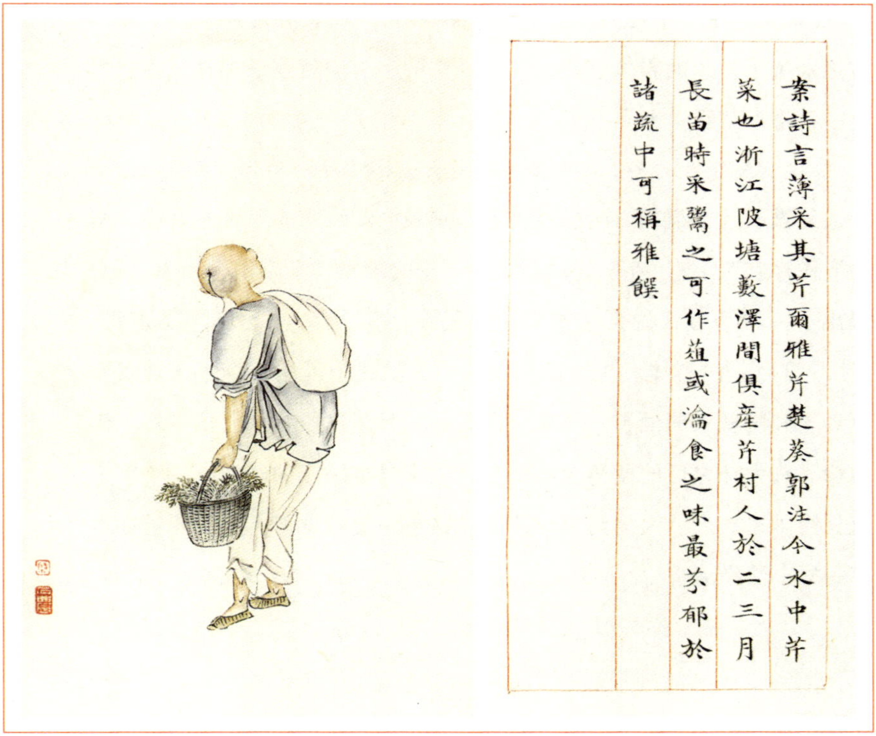

清·董棨《太平欢乐图·雅馔水芹》

《说文解字》中还有一个“莚（音 qín）”字，亦即芹字，一繁一省之别罢了。芹的异体字在一本《说文解字》中就收录了这么多，可见古人将芹菜看得有多重了。

《说文解字》之外,《神农本草经》里将“芹”写作“蘄”。这个字造得没有什么道理，陶弘景《名医别录》却认它为正字，并说“俗中皆作芹字”，把“芹”当成俗字看。李时珍觉得蘄字不合六书之理，提出了一种假设，说蘄字本来应该是草字头，从艹，“蘄”是声符，“芹”是后起的省体。大家都是医道中人，这个说法保全了《神农本草经》和陶弘景的面子，可谓一片苦心。我读这段文字，仿佛看见李时珍满头大汗之后的搁笔会心一笑。医家自有医家的经学，一个字里就见得师道尊严、人情温暖，即便讲错了，总亦见得古人的厚道如水芹一样，洁净清香。

【诗经草木】

后 记

湖上有间“茶书房”，两年前了，说《诗经》，月必一到，说草木，说爱情，说虫鱼。说完，出去候公交，夕阳西下，湖风温情，人来人往熙熙攘攘都觉是《诗经》里的一个字，绝不可少，这样的日子，无意中倒活得像文学一样古典，至今想来，邈难为怀。

反顾自己，一农夫来自田间，才读“人之初”，教人“性本善”，想那西子湖头是天下第一等风雅之地，我童年时的诗和远方，不意长大后竟来此说《诗》，想起鲁迅笔下的“你也配”，不觉汗涔涔下。高婉蓉、张磊两位老师希望我写点下来，自问浅薄，盛情难却，现学现卖，便成了这本不算书的书。

这是我平生第一次写“后记”，说明此前还从来没有正正经经写过一本书。说来惭愧，我又何尝正正经经读过一本书呢？从小生长于乡间，家乡湘漾里，僻处杭嘉湖之交，少年劳作，仿佛一篇《豳风·七月》的景象，现实生活里，除了《赤脚医生》《科学种田》，无书可读，《论语》《孟子》之类偶能听到，《诗经》则连书名亦闻所未闻，遑论《毛传》《郑笺》了。

二十岁前，我从未读过一本“正经”，《诗经》亦是近年才开始读的，一读就上瘾。但我读书，向来小学大遗，见着其中的草木、花花世界，活泼泼地，尤觉喜欢，细看来，像是我童年生活的一张说明书。比如我乡下常见的荇草，原来就是《诗经》里的荇菜；我家门前的槿树花，司空见惯，却原来是《诗经》里的舜华，然后觉得《源氏物语》里的"槿姬"名字取得真好……这一路读下去，时时要发"原来如此"之叹，这样的例子太多了，欢喜赞叹，得未曾有。我不敢说"知之者不如好之者，好之者不如乐之者"，但初读既得其乐，倒索性不求甚解。倒退过来求那一个"知"，何苦来呢？所以这书写得很肤浅，然而作者是快乐的。

此书写好已近一年了，承张磊老师再三校勘，并配以美图，为我藏拙，铭感无既。弃我去者昨日之日不可留，陈年旧作，我回头再读，真真惭愧无地，不特文字艰涩，了无趣味，不尽人意之处亦不少，有的求深反凿，有的不知所云，竟连我自己也一时看不懂了。过去心不可得，不知当时是如何想的，胆大竟至于如此？

明知其误，一仍其旧，聊记旧时月色里一个真实不虚的我，他年可待成追忆，亦有据可凭。

权当"后记"，跟去年的自己做一个告别吧。

郁震宏于 2021 年 8 月